LES LETTRES ET POËSIES DE MADAME LA COMTESSE DE B.

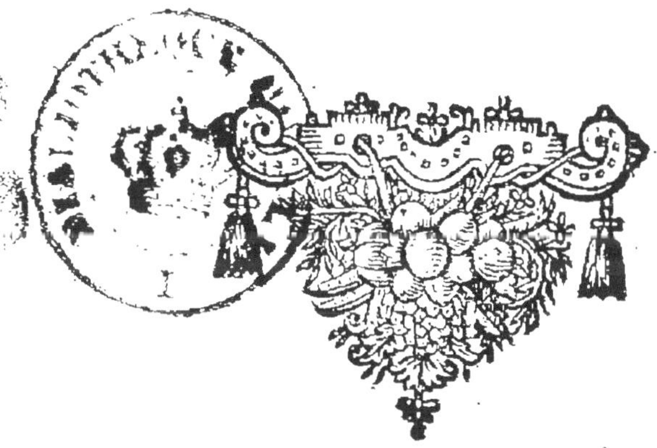

A LEYDE,
Chez ANTOINE DU VAL, prés de l'Academie.

M. DC. LXVI.

AU

LECTEUR.

SI l'on vous donne souvent des ouvrages faits par des hommes, ce n'eſt pas que les Dames ne ſoient capables d'en faire ; mais c'eſt que cét aymable ſexe a tant de ſortes de divertiſſemens, qu'il a peine à s'y occuper. Ce Receüil cependant fait voir qu'il ſçait employer quelquefois aſſez agreablement quelques heures à eſcrire des Lettres. La Poëſie ne luy eſt pas meſme inconnüe, les E-

legies & les Stances qui suivent ces Lettres, sont des preuves que les Dames excellent bien souvent dans cét art. Je souhaitterois avoir un plus grand nombre de pieces de celle dont je vous donne ce petit Receüil, je ne diray pas son nom, parce que le Pourtrait qu'elle fait d'abord de soy-mesme, la fera assez connoistre à ceux qui ont pratiqué tant soit peu la Cour de France.

LE

LE PORTRAIT DE

Madame la Comtesse de B.... fait par elle-mesme.

QUELQUE verité que je ſuive en faiſant ce Tableau, & quelque ſoin que je prenne, que la fidelité que doit une Copie à ſon Original, luy ſoit exactement gardée; avec tout cela je ne pretends pas éviter les divers jugemens de ceux qui le verront. J'en ſeray touſiours neanmoins ſatisfaite

 par

par la complaiſance qui m'en demeure ; que ſi mes ennemis pouvoient me repreſenter avec plus de deffauts, mes amis pourroient peut-eſtre bien auſſi me dépeindre avec plus d'avantages. De maniere que ce portrait pouvant venir d'une main indifferente, je puis ſans honte avoüer qu'il ſort de la mienne, & que c'eſt de moy-meſme que vous apprendrez le bien & le mal qui s'y treuve.

Ma perſonne eſt de celles, que l'on peut pluſtoſt dire grandes que petites ; la taille en eſt des mieux proportionnées ; & il s'y treuve certain air galand & negligé, qui m'a touſiours perſuadé que j'eſtois une des plus belles tailles de ma grandeur ; mes cheveux ſont bruns & luſtrés, mon teint eſt parfaitement uny, la couleur en eſt claire, brune & fort agreable ; la forme de mon viſage eſt ovale, tous les traits en ſont reguliers ; les yeux beaux, & d'un d'un meſlange des couleurs, qui les rend tout à fait brillans; le nez eſt d'une agreable forme; la bouche n'eſt pas des plus petites, mais elle eſt agreable, & par ſa forme, & par ſa couleur; & pour les dents, elles ſont blanches & rangées juſtement, comme le pourroient eſtre les plus belles dents du monde; la gorge aſſez belle; & les bras & les mains ſe peuvent monſtrer ſans honte. Tout cela eſt accompagné d'un air vif & delicat, & mon miroir m'a ſouvent fait croire qu'il me monſtroit une choſe qui valoit bien tout ce que je pouvois voir ailleurs. Je parois auſſi jeune que perſonne, bien qu'il y en ait beaucoup d'autres qui le ſoient plus que moy; je ſuis propre & m'habille bien: voy-la à peu prés ce qui compoſe mon exterieur. Pour mon eſprit, il me ſemble que les autres en pourroient mieux juger que moy, parce qu'il ne ſe trouve point de miroir comme pour la per-

personne, où l'on le puiſſe voir fidellement repreſenté : neanmoins il me ſemble, qu'il y a grand rapport entre mon eſprit & mon corps; je m'imagine l'avoir delicat & penetrant, & meſme aſſez ſolide; & la raiſon en quelque part que je la treuve, a plus de pouvoir ſur moy que nulle autre ſorte d'authorité. J'ay l'eſprit aſſez propre à bien juger des choſes, quoy que je n'aye aucun acquis; & je me ſçay ſi mal ſervir du bien d'autruy, que mon ſimple naturel me reüſſit mieux que les regles & l'art : de ſorte qu'il faut que j'en demeure à ce qui s'eſt treuvé né avec moy. Je n'ay pas laiſſé d'avoir oüy dire (ſans l'avoir jamais crû) que les heures de ma converſation paſſoient pour le moins auſſi viſtes qu'aucune autre; & que du coſté du ſerieux, mes ſentimens eſtoient une aſſez bonne choſe à ſuivre.

Pour mon humeur, qui eſt par où je dois achever icy de me faire con-

connoistre; je vous diray avec sincerité comme je l'ay faite du reste ce que j'en pense. J'aime trop la loüange, & c'est ce qui me l'a fait rendre avec usure à ceux de qui je la reçois; j'ay le cœur fier & dédaigneux, mais je ne laisse pas d'estre douce & civile; je ne m'oppose jamais au sentiment de personne; mais il est vray qu'interieurement je ne les reçois gueres au prejudice des miens; je puis dire avec verité, que je suis née sage & modeste, & que l'orgueil prend tousiours soin de conserver en moy ces deux bonnes qualitez; j'ay de la paresse, & suis fort glorieuse, & ces deffauts m'en donnent d'autres; car ils me font estre peu flatteuse & recherchante; & de peur d'en faire trop, souvent je manque d'en faire assez; cela est mesme cause que je ne cherche pas les plaisirs & les divertissemens; mais lors que l'on prend plus de soin que moy-mesme à me les procurer, l'on m'oblige;

& j'y parois fort gaye, bien que je ne la sois pas trop : j'ay beaucoup d'égard à n'offencer jamais personne, si l'on ne m'y force par un desobligeant procedé. Et bien que peut-estre je peusse agreablement tourner une raillerie, l'on ne m'en entend faire : Et j'ay pris aversion de la mocquerie, parce que je trouve qu'on la commence par ses ennemis, & qu'on la finit par ses meilleurs amis. Je n'ay pas l'esprit porté à l'intrigue, mais quand je seray entrée dans une affaire, je pense asseurement m'en démesler avec quelque conduite. Je suis constante jusques à l'opiniastreté, & secrette jusques à l'excés; & en ce que je va dire, je me confesse une des plus injustes personnes du monde; c'est de vouloir du mal à ceux qui ne font pas ce que je desire, & de ne me pouvoir resoudre à leur faire connoistre. Pour lier d'amitié avec moy, il en faut faire toutes les avances; mais je repare bien cette

peine

peine par les ſuittes ; car je ſers mes amis avec toute l'ardeur qu'on a accouſtumé d'employer ſeulement pour ſes particuliers intereſts ; je les loüe & je les defend, ſans jamais convenir de rien qui ſoit contre eux ; & leur eſtant plus fidelle que flatteuſe, les avance ſouvent mieux, qu'eux meſmes voyent combien je les ayme. Le temps qui preſque touſiours efface le ſouvenir des choſes, ne ſert qu'à les graver plus profondement dans le mien ; je n'ay point l'ame intereſſée, mais auſſi ne ſuis-je pas dupe ; & ne choiſiſſant point mes amis parce qu'ils me peuvent eſtre utils ; lors que la fortune les met en place de le devenir, & qu'ils ne me le ſont pas, je ceſſe de les aimer, parce qu'ils ne meritent plus de l'eſtre. Je n'ay point aſſez de vertu pour eſtre ſans le deſir du bien & des honneurs ; mais j'en ay trop pour ſuivre aucuns des chemins qui y peuvent conduire ; j'agis dans le monde ſelon ce qu'il devroit eſtre, & trop peu ſelon ce qu'il eſt; & en cela je me blâme de vouloir les avantages qui s'y treuvent, & de ne pas ſuivre les moiens qui les donnent. Et pour dire le vray, je ne ſuis ny auſſi bonne, ny auſſi méchante, qu'il me ſeroit utile de l'eſtre; je ne ſuis point devote, mais toute ma vie j'ay eu paſſion de la devenir, & ne m'en pouvant donner d'avantage, j'attend le reſte: je ſuis fort touchée du merite des autres, & en chemin faiſant; je pourrois bien avoir trop bonne opinion du mien particulier, mais ma preſomption en veut plus à l'eſtime qu'au cœur: je ſuis trop longue à me reſoudre, mais lors que je la ſuis, il eſt bien mal-aiſé de me détourner de mon choix: je ſuis la perſonne du monde qui obſerve plus religieuſement ce que j'ay une fois promis, & qui ſupporte avec plus d'impatience le manquement contraire: je ſuis trop facile à rebutter, & dans les choſes qu'il faut obtenir par prieres, j'aime beaucoup mieux les abandonner, que de les pourſuivre : de ſorte qu'on me tient mieux par la reconnoiſſance que par l'eſperance. Et pour dernier coup de pinceau, je vous puis dire, que les fautes d'un cœur bas ne ſeront jamais les miennes, mais que c'eſt dans les deffauts que l'orgueil peut donner, qu'il faut que je m'obſerve ; & voyant que je ne le pouvois deſtruire, je luy ay donné en moy des employs qui me mettent en eſtat de regarder ſans honte un pourtrait qui me reſſemble.

Je vous envoye celuy-cy qui eſt un effort de ma complaiſance, mais je ne la borne pas ſeulement pour vous à cette contrainte; & ſi aprés vous avoir fidellement repreſenté ce que je ſuis, vous voulez que je ſuis autre, ne le pouvant du coſté de ma perſonne, ny de celuy de mon eſprit, ordonnez dans l'humeur

meur, & ſoyez aſſurée que vos loix ſeront preferés à mes propres inclinations, puis qu'il n'en eſt point en moy de ſi forte que celle de vous plaire, ny de paſſion plus grande, que celle de vous revoir parmy ceux à qui voſtre abſence rend le monde privé de tout ce qui le pare le mieux.

LETTRE I.

A la Reyne Mere.

IE ſuis perſuadée, Madame, que je me dois haïr moy-meſme, de me treuver capable de plaindre la mort d'une perſonne qui a perdu la vie pour le ſervice de Vos Majeſtez, moy qui croirois que le bonheur de la mienne ſeroit de perir pour la meſme choſe; mais puiſque je ſuis d'un ſexe, qui ne peut que ſouhaitter là deſſus, ce que mes freres ont executé; je ſupplie tres-humblement Voſtre Majeſté, que mes ſentimens,

&

& ce qu'ils ont fait pour voſtre ſervice vous parlent en leur faveur, dans la rencontre qui ſe preſente, en accordant la Charge de celuy qui a eſté tué, à l'un de ceux qui reſtent encore. Celuy qui vient de mourir, l'avoit achetée de ſon argent pour luy, & la vient de payer de ſon ſang pour ſon frere ; ſans que neanmoins j'y pretende d'autre droit, que celuy que nous y donnera la bonté de Voſtre Majeſté ; je me ſerois donné l'honneur d'en écrire à ſon Eminence, ſi je ne craignois que l'importunité qu'il reçoit de mes particulieres pretentions le rebutaſt de mes demandes en cette occaſion, où ſans doute il me deviendra favorable, ſi Voſtre Majeſté luy témoigne qu'il luy eſt agreable de nous voir protegez.

LETTRE II.

A Madame la Comtesse de Soissons sur la mort de Madame de Mercœur.

SI j'ay pris part, Madame, à la premiere de vos pertes, par la sensibilité que j'auray tousiours pour toutes les choses qui vous toucheront ; la seconde que vous venez de faire, n'a eu besoin que de sa propre consideration pour me donner de la douleur, & pour me causer une surprise, qui ne me permet pas de vous rien dire dans une rencontre, où le coup qui a tué Madame de Mercœur, blesse tous ceux, qui avoient l'honneur de la connoistre, & par consequent doit estre si rude au souvenir de ses proches, que l'on ne peut les prier d'adoucir leur douleur, que par la pensée qu'ils doivent avoir, qu'une vie aussi belle & aussi innocente, que l'estoit la sienne, ne, ne peut donner à craindre les ſuittes d'une mort precipitée. Aprés avoir plaint & regretté la perte que le monde fait d'elle, ſi les ſouhaits avoient lieu en cette rencontre, les miens ſeroient, Madame, que les belles années, que la jeuneſſe de Madame de Mercœur luy promettoient encore, ſoient adjouſtées à celles que Monſieur le Cardinal doit vivre, & que tout le bonheur qui ſe devoit partager entre deux ſœurs, ſe reüniſſe à voſtre fortune, pour vous en donner une auſſi douce & auſſi grande que vous la deſirez.

LETTRE III.

A Madame de Longueville ſur les Sonnets de Job & d'Uranie.

IOb dans les ſiecles paſſez ne fut guere plus humilié, que je le ſuis aujourd'huy, d'apprendre que j'ay pû me treuver contraire à l'opinion

nion de Vostre Altesse; car si je n'avois pas assez de sens pour m'y rendre conforme, mon esprit de devination devoit servir l'autre en cette rencontre, & ne luy pas laisser la honte de se voir opposé à des sentimens que j'ay tousiours reconnu pour une regle, avec laquelle l'on ne sçauroit faillir. Mais puisque j'ay pris la cause de Job, plus malheureux parce qu'il souffre de vous, que par tous les premiers maux, trouvez bon, Madame, que je vous demande la soirée du Jeudy pour aller deffendre un malheureux, à qui le diable a finement suscité vostre persecution, comme le seul moien pour luy faire perdre cette patience, qu'il garde depuis tant de siecles, & qui ne se peut pas conserver quand on est méprisé de vous.

RESPONSE

De Madame de Longueville à Madame de B. . .

VOſtre Lettre a fait plus de bien aux Sonnets de Job, que Benſerade meſme, & elle me donne un ſi grand regret de n'avoir pas eu des ſentimens conformes à ceux de la perſonne qui l'a eſcrite, que ſi elle ne me fait changer, elle me fait au moins condamner les miens, & me fait donner par là une preference à Job, que je luy avois touſiours refuſée, tant qu'il n'y euſt eu que luy, qui eut parlé pour luy-meſme; voylà je penſe tout ce qu'une perſonne genereuſe peut faire pour un party dont elle n'eſt pas; & je vous aſſeure que ſi le voſtre n'eſt celuy de mon choix, il eſt devenu au moins celuy de mon eſtime, par celle que vous avez teſmoigné que vons faiſiez

ſiez en le choiſiſſant. Je ſeray ravie que vous veniez Jeudy diſputer la cauſe de Job; mais je vous advertis au moins, que ce ne ſera plus que contre mes ſentimens paſſez, ne pouvant conſentir d'eſtre contraire aux voſtres.

LETTRE IV.

A Madame la Ducheſſe de Leſdiguieres.

JE penſe qu'il y a un charme qui empeſche, que je ne puiſſe avoir l'honneur de vous voir; mais comme il ne peut eſtre ſi fort que tous les voſtres, il ne peut rien auſſi ſur l'impatience que j'ay de paſſer une journée avec vous. Mandez moy, s'il vous plait, Madame, celle que vos affaires vous laiſſeront en voſtre diſpoſition, puiſque j'ay ſi mal reüſſy par moy-meſme, à la pouvoir deviner; vous me parûtes ſi belle avanthier, quand je vous rencontray,

tray, que je ne crois pas qu'en conſcience vous puiſſiez ſolliciter vos Juges avec un viſage ſi propre à vous faire favoriſer dans les plus grandes injuſtices : neanmoins faittes toutes celles qu'il vous plaira, pourveu qu'il ne vous prenne pas envie d'aller juſqu'à priver de l'honneur de voſtre amitié une perſonne qui eſt autant que je ſuis, Voſtre &c.

LETTRE V.

A Monſieur l'Abbé Bourdelot, Medecin de la Reyne de Suede.

QUi eut jamais penſé que l'on eut eu de la peine à démeſler, qui de vous ou d'un Allemand a fait une choſe, où je n'avois jamais pû croire que vos manquemens fuſſent en rien ſemblables à ceux de cette Nation-là. Cependant je ne ſçay ſi vous ayant mandé que j'eſtois malade, voſtre Laquais Allemand, à qui l'on l'on a parlé, aura oublié à vous le dire ; ou si vous avez oublié d'y venir, en tout cas la faute est Allemande, si l'homme ne l'est pas ; mais si vous avez envie de la reparer, que ce soit Vendredy à quatre heures ; car je seray bien aise que vous & la fievre veniez en mesme temps, croyant que vous treuverez moien de la chasser, ou du moins de la faire oublier par vostre conversation.

LETTRE VI.

A Madame de Sully Carmelite, qui luy avoit envoyé une teste de mort dans un pannier de Roses.

VOus m'avez bien ce matin caché le serpent sous les fleurs, en m'envoyant une chose, que la seule innocence de vostre vie peut regarder sans crainte ; pour moy à qui il faut de plus douces images, je m'en tiens à celle de vostre personne, pour

pour ſujet de ma meditation, & pour une preuve que l'on peut mépriſer le monde, puiſque vous l'avez fait malgré les ornemens qu'il avoit pris pour vous plaire; priez Dieu qu'il reüſſiſſe ſi mal dans toutes ſes entrepriſes, & particulierement, ma chere Sœur, quand il voudra prendre plus de place dans mon cœur, qu'il ne m'eſt permis de luy en donner; & comme c'eſt une choſe difficile par ma foibleſſe de ce pouvoir haïr, je me ſerviray de vos exemples pour m'inſtruire là deſſus, & vous demanderay vos prieres, que vous ne pouvez accorder à perſonne qui ſoit plus que moy. Voſtre, &c.

LETTRE VII.

A Madame la D. de R.

TOut le monde croit icy, Madame, qu'il n'y a que huit jours que vous eſtes partie; mais pour moy,

moy, il se pourroit passer des années moins longues; & l'inquietude où j'en suis dé-jà, me conduit seule vous chercher dans les promenades où nous allions ensemble, où j'ay treuvé que les fleurs de ces lieux-là se sont laisser mourir depuis vostre départ, & que les autres refusent d'y naistre jusqu'à vostre retour: de sorte que la belle saison qui croit seule embellir toutes choses, est bien honteuse de voir, que c'estoit vous; & de nous treuver persuadez que vostre presence nous donnoit de plus beaux jours qu'elle. Tout le monde, Madame, pourroit vous dire les mesmes choses, car je les tiens bien aisez à penser pour vous; mais personne, Madame, ne pourroit vous les dire avec plus de joye en vous voyant, ny avec plus du chagrin en ne vous voyant pas, lequel s'augmente quand je viens à songer que ma Lettre pour aller jusqu'à vous passe une mer, dans laquelle peut eſtre vous avez laiſſé perir le deſſein de retourner en France; où cependant, Madame, vous avez acquis des perſonnes qui ne veulent rien changer en celuy qu'ils ont pris de vous aimer toûjours. Voy-là ce qui ſe fait pour vous, Madame, dans les lieux où je ſuis, prenez donc quelque ſoin que dans ceux où vous eſtes, une perſonne qui vous honore comme je fais, n'y ſoit pas oubliée.

LETTRE VIII.

A Madame la Comteſſe de Guillefort.

VOus m'avez laiſſé, Madame, tant d'eſtime pour vous, qu'il eſt bien juſte que vous ayez emporté quelque bonté pour moy, & que cela vous empeſche d'effacer de voſtre ſouvenir une perſonne qui vous conſerve dans le ſien, à l'endroit où je retiens les portraits de la vertu, jugez donc, Madame, puiſque voſtre ſouvenir eſt utile pour mon exemple, combien voſtre amitié le ſera pour ma joye, & de quelle ſorte je recevray toûjours les nouvelles de celle dont je ne veux jamais ceſſer d'eſtre & tres-humble & tres-obeïſſante ſervante.

LETTRE IX.

A Madame la D. de L.

IE vous avoüe, Madame, que je ne m'attendois plus aux marques de voſtre ſouvenir, aprés les avoir veu ceſſer ſi long-temps, & qu'en quelque façon je me treuvois bienheureuſe que vous me donnaſſiez moien d'oublier une perſonne de qui le ſouvenir ou la preſence empeſcheroient toûjours de connoiſtre les ſujets que l'on a de ſe plaindre d'elle, puiſque tout ce qui eſt aimable en vous, repare ſi bien ce qui s'y pourroit treuver de mauvais, qu'il me faut

faut ny vous voir, ny vous entendre, pour prendre des resolutions contraires à ce qu'il vous plaira ; je l'ay bien veu par les miennes qui estoient de vous oster un cœur, de la passion duquel vous n'aviez pas bien usé ; mais dés que vostre billet a voulu vous justifier, j'ay tout oublié, & ne me suis souvenu que de l'envie que j'ay de vous revoir, & que vous m'aimiez encore. J'iray aujourd'huy, puisque vous gardez la chambre, vous prier de n'estre plus si aimable, ou de vouloir bien estre aussi bonne, je vous donne mille bon jours.

LETTRE X.

A Madame la M. de B.

IE me réjoüis de sçavoir que vostre blessure vous donne de la gloire, & vous laisse la vie aprés les fascheux doutes où l'on avoit esté que vous la perdriez : je souhaitteray pour la satisfaction de vos amis, voir aller vostre recompense aussi viste que vostre guerison ; mais les graces de la Cour n'avancent d'ordinaire chemin que par de bas moyens que vous ne suivez pas, ainsi l'on se réjoüira plustost de vostre santé, que de vostre fortune ; mais pour quitter un propos qui rameneroit à vostre souvenir des choses qui ne luy plairoient pas, je vous diray que j'ay la plus grande joye du monde d'apprendre la guerison du Roy, sa maladie m'a fait connoistre que je l'aimay mille fois plus que je ne pensois ; car j'estois si touchée de son mal, qu'à me voir on eut crû que j'estois la personne du monde qui avoit plus de sujet de le regretter, & sans vouloir vous faire ma cour, je vous diray que bien que j'aime & honore Monsieur, j'avois esté au desespoir de le voir dans un rang où il n'auroit pû monter qu'aux despens de son Frere. Si je n'estois malade depuis

depuis cinq ſemaines, j'irois à Compeigne rendre mes reſpects à leurs Majeſtez : en mon abſence je vous ſupplie de dire à la Reyne ce qu'il faut là deſſus, juſqu'à ce que je puiſſe moy-meſme donner mes aſſiduitez à la Cour, & vous dire en ce pays-là que je ſuis. Voſtre, &c.

LETTRE XI.

A Madame la D. de L.

LEs perſonnes qui ont l'honneur de vous connoiſtre toute entiere, vous doivent ſi parfaitement honorer par la raiſon de voſtre merite, qu'ils n'ont plus de quoy augmenter leurs ſentimens là deſſus, quand il eſt queſtion de ſatisfaire à la reconnoiſſance de quelque obligation, & comme je vous en ſuis ſouvent redevable, il eſt juſte que vous ſçachiez ce qui pourroit cauſer mon ingratitude que vous treuverez excuſable, quand vous sçaurez qu'elle ne vient que de vous avoir payée par advance de toutes les bontez que vous avez jamais pour moy, m'estant attaché de la plus forte maniere du monde d'estre Vostre, &c.

LETTRE XII.

A la mesme.

IE n'aurois pas voulu que mes divertissemens eussent precedé la lettre que je me suis donné l'honneur d'escrire à Vostre Altesse, aussi n'ay-je esté qu'à une seule assemblée au Louvre le dernier jour du Carnaval, où je m'estois creu si dissemblable de ce qu'on a representé à Vostre Altesse, que je n'y avois pour toute seureté que la seule indifference que je ressentois pour toutes les loüanges: ce n'est pas que ce que je vous dis paroisse avoir de rapport avec les masquarades dont j'ay esté,

esté, mais en verité je puis dire que c'estoit seulement mon chagrin que je déguisois, & non pas ma personne. Vostre Altesse aura pû sçavoir combien on a masqué cette hyver, & que Madame de Chastillon a esté treuvée bien, toutes les fois qu'elle s'est monstrée en cét estat-là : pour moy je ne l'y ay point veüe, mais j'en juge par celuy où je la vois tous les jours au Louvre, où la faveur acheve de donner à sa beauté ce qui luy est necessaire, & enfin par elle & par beaucoup d'autres, le monde est si beau, que l'absence de Vostre Altesse ne devroit pas s'opposer tout-te seule à le faire treuver plus aimable qu'il ne fut jamais ; si les souhaits pouvoient causer sa presence, l'on me devroit bien-tost son retour, puis qu'il est certain qu'il n'y a personne qui ait tant d'impatience de la revoir que moy, ny qui conserve pour elle un plus veritable respect.

LETTRE XIII.

A Monsieur le Duc de B.

LEs remercimens que vous me faites de vous avoir donné un amy d'un prix inestimable, ne me sont pas deus, puisque le rapport qui se treuve entre vous, est la plus grande cause de vostre liaison, de maniere que tout au plus vous ne m'estes obligé que de vous avoir pressé de connoistre quelqu'un qui fût digne de vostre amitié, vous qui m'avez dit tant de fois que le dégoust ou le danger vous avoit empesché jusqu'icy de choisir un amy à tout dire; vous avez grand sujet pour cecy de n'estre point retenu par aucunes de ces raisons-là, puisque pour loüer infiniment Monsieur de.... il suffit de vous dire, que son esprit est moins aimable que la sincerité dont se treuvent accompagnées toutes ses actions, de sorte que vous estant difficile

ficile de me recompenſer de l'acquiſition que je ſuis cauſe en partie que vous avez faite, je pretend bien que vous m'en deviez un peu de reconnoiſſance, ſans que la voſtre puiſſe diminuer en rien celle de voſtre nouvel amy, de ce qu'il me doit par toute la joye & les avantages que luy cauſeront l'amitié d'une perſonne comme vous, & que l'on ne ſçauroit loüer les autres ſans ſe ſouvenir en meſme temps, qu'ils vous ſont inferieurs en toutes choſes.

LETTRE XIV.

A Madame la Marechalle de la Melleraye.

LEs marques de voſtre ſouvenir me ſont venuës ſeulement pour ma joye, car pour mon amitié elles n'y eſtoient pas neceſſaires, & vous laiſſez, Madame, un ſouvenir ſi propre à vous la conſerver, que vos ſoins n'auroient pas meſme affaire de ſe meſler de vos intereſts là deſſus, ſi ce n'eſt pour vous monſtrer aſſez equitable pour ne pas manquer de ſenſibilité pour les perſonnes qui en auront toûjours une fort grande pour vous : voſtre abſence m'apprend combien j'en ay pour vous, m'eſtant fort difficile de m'accouſtumer à la neceſſité de ne vous voir pas, je fais mille ſouhaits pour voſtre retour, & pour vous retreuver auſſi bonne pour moy, que vous eſtes aimable.

LETTRE XV.

A Monſieur le Preſident G.

BIen qu'il ne ſoit pas ordinaire de ſe plaindre des injuſtices qui ſe font à noſtre avantage, il m'eſt neanmoins ſi naturel de les haïr en quelque part qu'elles ſe treuvent, que je ne puis m'empeſcher de vous reprocher celle que vous avez faite en écrivant & en parlant de moy fort au deſſus de ce qui s'en doit dire, & par le cas que vous voyez que je fais de la verité, ne pouvant souffrir qu'on me prefere à elle, il vous sera aisé de juger que je prend grand soin dans toutes les choses que je dis, de ne la blesser jamais : cela estant vous devez une foy toute entiere à l'asseurance que je vous donne que rien ne me sera plus agreable que quelque grande occasion de vous rendre service, aprés quoy vous fussiez excusable par reconnoissance de l'exaggeration que vous apportez au bien que vous dites de moy. J'ay sçeu par Monsieur vostre Frere que vous retournez à Paris, & je treuve que c'est avec raison que vous le preferez à la Province, dont toutes les fleurs & les fruits ne valent pas nos peines ; les gens d'esprit treuvant encore mieux leur compte dans tous les embarras de Paris, que dans l'oisiveté des lieux qui ne paroissent agreables qu'à ceux qui ont plus de plaisir à voir qu'à entendre, revenez donc icy où vous estes desiré de toutes les personnes qui ont l'honneur de vous connoistre, & croiez qu'en tout leur nombre il n'y en a point qui soit plus que moy. Vostre, &c.

LETTRE XVI.

A Madame B....

EN verité, Madame, si vous estiez aussi bonne que vous estes belle, vous prendriez plus de soin que vous ne faites de finir une absence dont vous ne pouvez douter que la longueur ne cause de la peine à ceux que vous avez laissé. Il y a de l'injustice à vouloir vostre repos par une chose qui déplaist à tant d'autres : pour cesser d'estre injuste, hastez vostre retour & revenez, Madame, par vostre presence donner un ornement à Paris, & une satisfaction à celle qui vous y honore plus que nulle autre ne sçauroit faire.

LET-

LETTRE XVII.

A Madame la D. de R.

VOstre longue absence m'incommode, & vostre lettre m'acheve de me persuader que vous avez dessein de bastir un hermitage pour là ne plus penser ny aux autres, ny à vous mesme : croiez moy, Madame, vous n'estes point faite comme une chose qui faille abandonner ; l'edifice n'est point en ruine, tous les ornemens y sont en leur premiere beauté, & le marbre en est encore trop blanc & trop poly ; & tout ce qu'il y a de beau en vostre corps, & de bon dans vostre esprit, ne vous sçauroit permettre d'estre comme ses vieux chasteaux où ne nichent plus que des oyseaux de mauvaise augure, j'entend les pensées de la mort : ne destruisez donc pas tant de belles choses par l'ennuy de la solitude, & s'il est vray que vous soiez devote

vote, venez ſervir Dieu à la veüe de ſes ennemis, autrement je croiray qu'il vous faut de grandes precautions contre le monde, ou peut-eſtre contre quelqu'un qui s'y treuve; car enfin je ſuis reſolüe de vous offenſer, ſi vous m'oſtez la joye de vous revoir comme vous eſtiez. C'eſt deshonorer la devotion de croire qu'il ſe faille defigurer pour la ſuivre, les Anges ſont ſi beaux, & vous leur reſſemblez ſi bien en toutes manieres, que comme à eux on pourroit vous donner le ſoin de nous conduire, ne faites donc rien contre une raiſon auſſi éclairée comme la voſtre. Je ſçay bien que vous avez des ſubjets de chagrin; mais penſez qu'aprés tout s'il vous arrivoit ce que vous meritez d'avoir, il faudroit qu'il en couſtât le throſne à quelqu'un, ce qui ſeroit fort contraire à la devotion que vous a inſpiré le pere le Jeune. Souffrez donc qu'il vous manque quelque choſe de ce qui vous

ſeroit

ſeroit deub, & demeurez contente de quoy Dieu vous a faite un de ſes plus beaux ouvrages, & croyez auſſi que pour le placer en la plus belle demeure où il puiſſe eſtre au monde, il ne faut que le mettre dans voſtre cœur, ſans y rien changer, ny ſans en chaſſer vos amis, dont je ſuis par inclination & par reconnoiſſance, la plus veritable & la plus affectionée de toutes.

LETTRE XVIII.

A Monſieur l'Abbé Bourdellot.

L'On me rend voſtre Lettre à mon retour de Pontoiſe, & ſi j'avois eu le moindre loiſir du monde de me reconnoiſtre, je l'aurois employé à vous demander des nouvelles de voſtre incomparable Reyne, & à vous aſſeurer que bien qu'elle reçoive les reſpects & l'admiration de tout le monde; je ſuis certaine qu'elle qu'elle tire de moy un plus fort tribut là dessus, que ne luy peut rendre aucune autre personne; jugez par là quelle est ma joye d'apprendre de vous qu'elle ferme ses yeux clair-voyans sur tous mes deffauts, de peur qu'ils ne luy devienent un obstacle à la bonté, qu'elle veut bien me faire l'honneur d'avoir pour moy, je n'aurois pas manqué de luy en aller faire mes tres-humbles remercimens à Fontaine-bleau, si comme vous dites fort bien, les destinées ne nous contraignoient souvent trop de choses, me servent de memoire locale à cét endroit de vostre Lettre, pour ne vous le pas repeter dans la mienne, & vous dire que je suis revenüe malade à Paris depuis l'accident qui arriva chez moy; soit que je m'en touche trop, ou que la fievre prist son temps de m'arriver à la mesme heure, afin d'avoir une honneste excuse vers moy à la visite qu'elle avoit envie

de

de me faire, tant y a qu'elle vinst, & qu'elle ne s'en est pas si bien retournée, que mesme cette nuit je n'aye eu une heure de frisson, ce que j'ay peine à vous mander, m'imaginant que cela acheve de vous transir à Fontaine-bleau, où j'apprend qu'il fait dé-jà assez froid sans vous presenter rien qui le soit davantage, & je craindrois que vous ne fussiez retenuë dans les glaces, si je ne sçavois que le Soleil qui se treuve, où vous estes, assés fort pour en dissiper bien d'autres. De sorte que je ne vous plains que jusqu'au reveil de la Reyne, où dés aussitost commencent, pour ceux qui la voient, les plus beaux jours du monde, & si tous les Orangers y font leur devoir, je ne doute point qu'ils ne fleurissent dés qu'elle passe, afin de pouvoir jetter leurs fleurs à ses pieds, rien n'estant digne de la teste de la Couronne du monde entier; j'ay quelque honte de vous avoir dé-jà écrit une si longue Lettre sans vous auoir mandé un un ſeul mot pour vous, mais voſtre illuſtre Reyne me ſervira d'excuſe, & la premiere voye de vous eſcrire me ſervira pour vous mander combien je ſuis Voſtre, &c.

LETTRE XIX.

A la Reyne de Suede.

CE que l'on ſouffre en l'abſence de Voſtre Majeſté, ne peut eſtre adoucy par nulle autre choſe que par l'honneur de ſon ſouvenir, & par celuy de ſon amitié; & bien que la pretention en ſoit un peu haute, je je ſuis obligée de ne l'avoir pas moindre, pour mettre quelque rapport entre le remede & le mal qu'elle a laiſſé, en quittant ceux qui comme moy ſe ſont laiſſé trop fortement toucher d'un bien qui ne pouvoit durer, & qui peut encore moins ceſſer d'eſtre deſiré; mais ſi la raiſon des affaïres de Voſtre Majeſté nous oſte

oste sa presence, que Rome pour le moins n'enferme pas si bien toutes ses pensées, qu'il n'en vienne quelqu'une de favorable jusqu'à nous, ce que je suis asseuré que Vostre Majesté ne nous pourroit refuser, si Elle sçavoit combien sa personne m'est devenüe une chose chere : ce mot est un peu libre, mais j'en espere le pardon, puisque tout le devoir ne vaut pas une faute qui s'est faite par tendresse, & celle que j'ay pour Vostre Majesté estant si grande qu'elle me rend capable de tout, hors de pouvoir supporter son oubly avec patience,

LETTRE XX.

A Madame la D. de R.

CRoiez que je suis bien accablée d'affaires, puisque je remets l'honneur de vous voir, ayant tant de choses à vous dire, que l'on m'a voulu inutilement persuader ; l'amitié

tié que j'ay pour vous, Madame, reſiſtant à croire tout ce qui la pourroit affoiblir, & je prend ma ſeureté de la fidelité de voſtre affection dans celle que je me ſens pour vous, ne croyant pas poſſible, Madame, qu'une perſonne genereuſe puiſſe manquer à celle de qui elle reçoit une amitié ſincere, je l'ay telle pour vous, Madame, & je conſens de vous eſtre une regle bien exacte de ce que je deſire, que vous ſoyez pour moy.

LETTRE XXI.

A Monſieur l'Abbé de M.

A Ce que je vois, Monſieur, je ne ſuis pas moins eſloignée de voſtre ſouvenir, que de voſtre perſonne, & à quelque diſtance que vous ſoiez de nous par vos voyages, j'ay ſujet de croire que je ne ſuis jamais ſi loin de vous, que

que de vostre pensée, ce n'est donc pas vostre exemple qui m'apprend à vous escrire, mais l'estime que je conserve pour vous malgré vos negligences. Croiez que je n'en ay point eu pour les choses que vous m'avez recommandez en partant, une illustre personne vous en sera tesmoing. Revenez donc bien-tost apprendre d'elle, combien il est vray que je suis Vostre, &c.

LETTRE XXII.

A Madame la Marquise de M.

EN verité, Madame, l'on rachette si bien par l'ennuy de vostre absence, le plaisir de vous avoir veüe, que je ne puis vous estre obligée de la visite que vous m'avez faite icy, par la peine qu'elle me laisse. Et le monde se monstre

en

en vous d'un ſi beau coſté, que j'ay penſé quitter ma ſolitude pour m'y en retourner, ſi je ne m'eſtois ſouvenüe que de tous ceux qui le compoſent, il n'en eſt preſque point qui vous reſſemble. Cela m'a fait rentrer de bon cœur dans mon hermitage, avec deſſein de me ſervir de la liberté de la ſolitude, pour penſer ſouvent à vous, ſans pretendre d'en eſtre recompenſée par la meſme choſe. La Cour ayant trop de perſonnes preſentes, pour que les abſens s'attendent à quelque place; mais s'il m'arrive d'en avoir quelque fois dans voſtre ſouvenir, que ce ne ſoit jamais, Madame, ſans penſer à moy, comme à la perſonne du monde qui vous honore le plus, & qui eſt auſſi ſincerement Voſtre, &c.

LETTRE XXIII.

A Monsieur le Marquis M.

VOus augmentez la peine que je souffrois dé-jà pour l'absence de la Cour, en m'apprenant par vostre Lettre, que les maistres y sont dans un esprit si doux & si favorable, que ceux qui les auront suivis, auront le prin-temps de leurs humeurs & celuy de la saison tout ensemble ; en verité c'est trop pour rendre un voyage agreable, & mesme assez pour desesperer ceux qui n'en sont pas; & qui comme moy sont à Paris à peu prés comme l'on est aux limbes, puisque je n'y fais que sçavoir vostre joye sans en avoir ma part, ce n'est pas que je ne me fasse un fort sensible bien du succés de vos affaires, & que vous n'en avez peu donner la nouvelle à personne qui y prenne tant de part, ny qui ſoit davantage, Voſtre, &c.

LETTRE XXIV.

A un Amy grand Janſeniſte.

SI l'on peut eſtre authoriſé à parler des choſes qui regardent les perſonnes qu'on eſtime infiniment, vous ne treuverez pas eſtrange que je vous faſſe ſçavoir ce que j'appris hier touchant vos amis & les miens ; je ſçeus que l'on prennoit contre eux de facheuſes reſolutions, que je ne doute pas que la fermeté de leurs cœurs ne leur fiſt ſupporter genereuſement ; mais il me ſemble qu'il n'eſt point de la prudence de ſe repoſer aux perils, quand il eſt facile & raiſonnable de l'éviter. La reſponſe de Monſieur a pû decider l'affaire & la mettre en douceur & en paix, ou la jetter en troubles & en deſunion,

union; mais ſans conſiderer ces raiſons-là, qui n'eſtant bonnes que pour eviter les ſouffrances, ne ſeroient pas celles qui pourroient faire impreſſion ſur des eſprits, à qui les plus rudes peines ne font point de peur, puiſque dans leurs vies ils s'en impoſent tant de volontaires: qu'ils ſongent quel ſacrifice ce ſeroit à Dieu, ſi ayant pû penetrer la verité des choſes, qui juſqu'à eux auroient eſté obſcures par la conſideratoin de la paix & de l'union de l'Egliſe, ils renonçoient à la gloire d'avoir eu plus de lumiere que le reſte des hommes ſur des matieres qui n'ayant point eſté diviſées dans les autres ſiecles, font voir que la Foy ne peut eſtre bleſſée de les laiſſer ainſi, & que la charité le pouvoit eſtre beaucoup, par les ſuittes qu'une autre conduite pourroit apporter. Ce ſeroit donc un grand acte de vertu à ceux qui ont tant d'eſtudes pour ſouſtenir leurs opinions, de n'y point avoir d'opiniaſtreté pour le bien commun, & que l'on peut voir cette humilité en des perſonnes en qui tant de grandes qualitez ne pouvoient cauſer que le deffaut de l'orgueil. Croiez-moy, Monſieur, eſtre vaincu par eſprit de charité, & ſe rendre à des raiſons auſſi Chreſtiennes, eſt infiniment plus glorieux pour ceux qui ſuivent Jeſus-Chriſt, que d'eſtre vainqueur, & que la victoire ſoit ſuivie de deviſions dans l'Egliſe, & ſoit cauſée par ceux qui voudroient donner tout leur ſang pour la deffendre, & qui ne laiſſeroient pas de luy faire innocemment plus de maux qu'elle n'en peut recevoir de tous ſes ennemis declarez, & il n'y a qu'une conduite douce, qui puiſſe faire voir à tout le monde la vertu de nos amis égale à leurs ſciences, & à leurs talens d'eſprit; je vous écris ſur une matiere dont les perſonnes de mon ſexe ne ſçauroient bien parler pertinement, auſſi ne

vous

vous en diray-je que ce qu'un peu de bon ſens, & beaucoup d'affection me fait vous eſcrire, dans la crainte que j'ay que nos amis communs ne ſouffrent de la diſpoſition où je vois que l'on eſt pour eux. Je vous ſupplie donc d'y vouloir ſonger, & de croire que tout cecy vous eſt dit d'un eſprit bien affectionné à leurs intereſts, & que ſi je n'ay pas aſſez de vertu pour ſuivre leurs exemples, je ſuis aſſez reconnoiſſante, & aſſez touchée du merite, pour leur donner des marques en toutes occaſions que je leur ſuis & à vous Monſieur, Voſtre, &c.

LETTRE XXV.

A Monſieur l'Abbé Da....

J'Ay touſiours eſté perſuadée, que les choſes que vous aviez une fois jugées, ne ſe devoient jamais croire autrement; mais comme il eſt toûjours agreable de ſçavoir combien l'on eſt treuvé juſte dans ſes approbations. Il faut que je me donne l'honneur de vous dire, que Madame de Maubuiſſon a merveilleuſement bien dégagé voſtre parole de tout le merite dont vous m'aviez fait bon en elle, puiſque je l'ay treuvée ſi digne de toutes les choſes que je vous en avois oüy dire, que je vous dois remercier de la curioſité que vous m'aviez donnée de la connoiſtre, je ne l'ay pas pû entretenir ſans vous donner beaucoup de part à noſtre converſation; mais je vous avoüe que ce n'a pas eſté ſans m'en repentir, puiſque quand l'on s'eſt une fois ſouvenu de vous, il eſt ſi peu poſſible de paſſer à s'entretenir d'autres choſes dont il faudroit encore parler, que je vous aſſeure que vous devriez des excuſes à certaines perſonnes qui pourroient meriter des loüanges d'avoir épuiſé pour vous ſeul ce qu'il y auroit à partager entre pluſieurs; mais comme me je ne veux point vous parler de de vous-mesmes, comme je ne puis m'empescher d'en parler aux autres, je me contenteray de vous dire icy que ce qui se doit penser de vous, me fait estre plus que personne Vostre, &c.

LETTRE XXVI.

A Monsieur l'Abbé M....

VOus reparez si bien vostre absence par vos Lettres, que si elles sont toutes aussi jolies que la derniere, vous courez risque que l'on ait point regret de ne vous pas voir, tant qu'il y aura ce moien-là de vous entendre, & je vous jure que vos Lettres vous representent si avantageusement, qu'il n'y a personne qui en les lisant ne vous crût plus grand de deux pieds que vous n'estes, & du reste le plus galand du monde, & l'on ne pourroit s'imaginer que tant d'agrement d'esprit peut estre conservé dans une personne qui a renoncé à toutes les choses du siecle, & qui ne se fait voir galand & delicat, dans les choses qu'il dit, que pour mieux décrier la galanterie par comparaison de ceux qui la suivent, à ceux qui l'ont quittée; mais de peur que mes loüanges ne vous donnassent trop de vanité, vous n'en aurez point davantage, & je reviens tout court à vous demander si les eauës vous feront autant de bien, qu'elles nous firent de mal, quand elles vous obligerent à nous quitter: si cela est, il faut que vous en remportiez une santé parfaite. Revenez donc je vous supplie, tout enrichy des biens que vous aura fait Bourbon, & croiez qu'il n'en est point au monde que je ne vous souhaite, estant plus que nulle autre personne, Vostre, &c.

LET-

LETTRE XXVII.

A Monsieur le Mareschal de G... luy addressant le Portrait de la Reyne qu'elle avoit fait.

IE treuverois bien de la honte à me souvenir la premiere d'une personne de vostre sexe, si je ne sçavois que l'estime & l'amitié ont d'autres regles que la galanterie, & comme cette derniere chose n'est point de mon commerce, je vois bien que je ne fais rien de trop, de prendre plus de soin de me conserver l'honneur de vostre souvenir, que vous de chercher à sçavoir la part que vous avez dans le mien ; & bien qu'elle soit fort grande, je ne voudrois pas qu'une nouvelle qui vous est si peu importante à sçavoir, vous coustât la peine d'écrire des Lettres, & vous y fist donner des momens que vous employez beaucoup mieux où vous estes, si je n'avois creu que le portrait que je vous envoye recevra plus de bien d'estre presenté par vous, qu'il n'en eust d'estre fait par moy, & que vostre approbation luy attirera celle de tous ceux qui n'oseront examiner une chose à qui vous aurez fait grace pour l'amour de moy : sous ces esperances, je luy fais entreprendre le voyage de la Cour, & s'il arrive jusqu'à vous, & que vous treuviez, mesme quelque moment d'inutile à la Reyne, ou pour se delasser de voir tant d'autres gens, elle se vueille regarder elle-mesme, je vous suplieray de luy monstrer le tableau que j'en ay fait, & luy dire de ma part, que comme les portraits sont les seuls remedes de l'absence, je me suis donné d'elle une copie qui me paroist assez ressemblante, vous en jugerez beaucoup mieux que moy. Cependant je m'apperçois que ma Lettre devient trop longue, & qu'ainsi qu'ainsi il faut que je me haste de vous dire que je suis Vostre, &c.

LETTRE XXVIII.

A Monsieur.

POur les jours de devotion je conviens qu'ils appartiennent à la retraitte, mais pour celuy des Roys, ce ne seroit pas en bien sçavoir chomer la Feste, que de la passer ailleurs qu'auprés de leurs semblables, où vous estes desiré par eux, & par ceux qui les environnent, au moins vous puis-je répondre d'une personne à qui il manquera tousiours quelque chose de fort considerable, lors que vous serez absent; si cela vous peut faire venir, hastez vostre retour, pour faire vostre compliment à son Eminence de la perte qu'il a fait de son nepveu, qui ne pouvoit pas mourir par une adventure plus desagreable que par l'enjoüement de ses petits camarades de College, luy qui se voyoit en passe de n'en avoir guere un jour, si les siens eussent esté de longue durée; mais son Oncle le pouvant faire heureux, n'a pû les faire plus longs, Mesdemoiselles les Parques estant d'humeur fort opiniastre, à ce qu'elles ont une fois resolu. Je souhaite qu'elles filent long-temps pour vous, & que vous soiez persuadé que personne du monde n'est davantage Vostre, &c.

LETTRE XXIX.

A Monsieur le Marquis de Crequy.

MOnsieur je ne presume pas assés de mon credit auprés de vous pour vouloir vous demander des choses difficiles; mais comme par raison de simpathie, vous devez avoir bien de la facilité d'accorder vostre protection à tous les gens de cœur, je me me suis engagée de vous la demander pour le Gentilhomme qui vous rendra ma Lettre, il a dé-jà l'honneur d'estre connu de vous, & cela estant, je vous crois tout persuadé qu'il n'est pas indigne des marques de vostre bonté. Il respondra asseurement par ses actions à l'honneur que vous luy ferez de luy donner part en vos bonnes graces, & si vous voulez conter, Monsieur, la priere que je vous en fais pour quelque chose, je vous asseure que je vous en seray tout à fait redevable, & que j'en auray toute la reconnoissance que peut avoir une personne que beaucoup d'estime a dé-jà toute disposée d'estre Monsieur Vostre, &c.

LETTRE XXX.

A Monsieur le Chevalier de S...

IE me plains d'avoir sçeu que vous avez demandé de nos Lettres, pour les monstrer, puis qu'asseurement il m'est bien avantageux qu'elles ne soient pas veües, si je ne veux destruire avec justice l'opinion qui s'en est establie sans raison : & je m'étonne que vous qui vous connoissez assez bien aux belles choses, pour sçavoir que celles qui viennent de moy ne le sont pas, ne vous contentiez simplement d'appuyer les loüanges qu'on me donne, sans chercher à me faire connoistre, puis qu'en verité je ne crois pas avoir cette sorte d'esprit qui peut plaire, & je n'auray pas lieu de vous croire bon ménager de mes advantages, quand vous parlerez trop de mon esprit. Ce que j'ay de bon, est plus propre à rendre content de soy-mesme, que non pas de pouvoir faire que les autres le sont, qui ne cherchent d'ordinaire que l'agreable, sans se soucier de ce qui est est un peu plus solide. De maniere que vous pouvez demeurer meschant garand de tout le merite dont vous leur avez fait bon en moy, si je ne treuve quelque occasion de dégager vostre parole auprés de ..... en luy faisant connoistre que du moins ce qui manque au beau, est donné au bon, puis qu'asseurement l'on me treuvera une sincere & une fervente pour mes amis, qui doit donner envie à ceux qui n'en sont pas, de le devenir & confirmer ceux qui le sont dé-jà dans le dessein de l'estre toûjours. Ce dernier vous regarde, car vous avez voulu que je vous crû des miens, & il ne tiendra qu'à la fortune que je ne vous rende tous les services d'une personne qui veut aussi que vous la croiez Vostre, &c.

LETTRE XXXI.

A la Reyne d'Angleterre.

I'Avoüe à Vostre Majesté, que je ne puis pas tout à fait me rejoüir du sujet qu'elle a d'estre contente de de l'Angleterre, quand je viens à ſonger qu'il nous en peut couſter de ne la plus revoir en France. Cela embaraſſe fort mes ſouhaits entre vos intereſts & les noſtres, & fait que la raiſon ne m'eſt pas peu obligée de la ſuivre malgré mes ſentimens qui vont tous à deſirer l'honneur de ſa preſence, qu'il n'eſt pas poſſible de conſentir de perdre, à moins que les continuelles aſſeurances du bonheur de Voſtre Majeſté nous apprennent à ſouffrir ſon abſence, & faſſe que la joye nous oblige à n'oſer deſirer celle de la revoir, pourveu que Voſtre Majeſté prenne quelque ſoin, que nous ne perdions pas tous les biens à la fois, & qu'elle me conſerve en l'honneur de ſon ſouvenir une petite place, que je puiſſe le defendre contre le temps & l'abſence, qui ſont deux ennemis ſi redoutables, que je n'aurois point l'eſperance de les pouvoir vaincre, ſi je ne ſçavois Voſtre Majeſté trop juſte pour manquer

quer à se souvenir sans cesse, de la Princesse sa Fille, la plus aimable de toutes les creatures ; ce qui vous engagera sans doute aussi de penser quelque fois aux personnes qui ont le plus de zele & de respect, & pour vous & pour elle : ce qu'estant, il faut de toute necessité que vous songiez à moy, puisque Vostre Majesté ne pourroit treuver mesme dans ses sujets un cœur qui luy fût plus acquis que le mien.

LETTRE XXXII.

A Monsieur le Tellier en faveur d'un de ses amis.

SI j'avois à vous parler de mes interests, la peur de vous estre importune m'auroit aisement retenu ; mais quand il s'agist de mes amis, je n'ay pas une égale circonspection, & ne puis m'empescher dans une rencontre où le Roy ordonne à M. V. de vous

vous faire souvenir pour Monsieur son Frere de l'employ dont la Reyne vous parlât il y a quelque temps, & dont le merite de ces Messieurs vous parle tous les jours, ils sont si honnestes gens, & servent si bien le Roy, que cette raison de simpathie entre vous leur doit attirer l'honneur de vostre amitié, que d'ailleurs ils meritent encore par le particulier respect qu'ils ont pour vous en cette derniere chose. Monsieur je vous supplieray tres-humblement de croire que personne du monde ne me sçauroit surpasser, ny estre davantage que je suis Vostre, &c.

LET-

LETTRE XXXIII.

A la Reyne Mere d'Angleterre.

I'Ay reçeu par Mr. de Hauterive la Lettre que Vostre Majesté m'a fait l'honneur de m'écrire, & les marques de son souvenir ont esté si pretieuses au mien, que je ne sçaurois à mon gré avoir assez de diligence pour remercier Vostre Majesté d'une chose qui n'est pas seulement receüe de moy avec le respect qui se doit aux grandes Reynes; mais encore avec une joye qui feroit bien voir à V. M. si elle luy estoit connüe, que mon cœur a pris pour elle une sensibilité, que l'absence & le temps ne feront point finir. Je souhaitte que la protestation que j'en renouvelle à Vostre Majesté au commencement de cette année luy soit agreable, & tous les vœux que je fais au Ciel; & que pour recompense

compense de vos vertus & de vos peines, il donne encore à Vostre Majesté un siecle de vie & de prosperité.

LETTRE XXXIV.

A Monsieur Frere du Roy sur son mariage avec Madame la Princesse d'Angleterre.

LE bruit court icy du mariage de Vostre Altesse Royale avec Madame la Princesse d'Angleterre, & cela rend tout le monde sensible à la joye, de voir unir deux personnes si pareilles en naissance, & en merites, qu'il ne se peut que tant de rapport ne fasse la plus belle & la plus douce union du monde, & qu'estant si aimable l'un & l'autre, vous ne vous aimiez infiniment, puisque chacun de vos personnes doivent estre aimez pour l'amour d'eux mesmes, jugez de ce que l'on vous

vous rendra à tous deux enſemble, & combien le devoir deviendra doux à ſuivre, quand il ordonnera d'agir ſelon ſon inclination. L'aimable Princeſſe qui vous eſt deſtinée, la devient tous les jours davantage, & il ſemble que chacune des graces prenne ſoin de luy donner ce qui peut la rendre plus digne de vous; car enfin Voſtre Alteſſe Royale la treuvera telle, qu'il n'y a plus que ſon amant qui puiſſe diſputer des charmes avec elle, cette belle égalité ne peut plus laiſſer de place à la galanterie, puiſque le deſtin prend ſoin de vous preparer chez vous-meſmes la meilleure fortune du monde. Je ſouhaitte, Monſeigneur, qu'en toutes choſes elle vous accompagne, & que vous ſoiez auſſi heureux que je ſuis avec reſpect & ſincerité Voſtre, &c.

LETTRE XXXV.

A Madame la Marquise de M....

L'On ne sçauroit, Madame, avoir autant de passion que j'en ay pour la maison Royale, & ne pas estre infiniment sensible à la joye du choix que l'on a fait de vous pour Gouvernante de Monsieur le Dauphin. Jamais rien ne fut si bien pensé, qu'une chose où tous les interessez treuvent également leur compte, le Prince & ses sujets, de le voir en venant au monde mis entre les mains de la vertu mesme, & que vous pouvez l'élever de sorte qu'il ne sçaura pas plutost parler, qu'il sçaura precisement ce qui se doit dire, & que vous le pourriez rendre tel, qu'il n'auroit pas besoin de passer sous un autre gouvernement, si ce n'estoit pour satisfaire à la coustume, & pour ne pas donner aux hommes le le déplaiſir de voir une education auſſi glorieuſe que celle de ce Prince, achevé par une perſonne de voſtre ſexe, auquel vous apportez de ſi grandes advantages, que par voſtre ſeul prix vous reparez le peu de valeur de tant d'autres. La fievre qui n'eſt pas touſiours raiſonnable a meſme connu cette verité, & n'a pas voulu détruire en vous une perſonne auſſi neceſſaire au monde que vous l'avez touſiours eſté pour ſon utilité, puiſqu'un ouvrage ſorty de vos mains ſera fort digne un jour d'eſtre couronné: jugez donc, Madame, combien je prend part à vos avantages, puiſque naturellement j'aime à voir le merite en conſideration, & que d'ailleurs je vous honore infiniment.

LET-

LETTRE XXXVI.

A Monsieur de Rodez sur sa nomination à l'Archevesché de Paris.

IL ne m'est possible de m'empescher de vous témoigner de la joye dans une rencontre où le Roy vient de faire beaucoup plus de bien à ses sujets qu'à vous, & si les redevables de vostre nomination à l'Archevesché de Paris en faisoient le remerciment, ce seroit asseurement à tous ceux qui vont dependre de vous, de s'en aller rendre graces au Roy de son choix; mais comme il y perdroit trop, si d'autres luy parloient en vostre place, tout le monde joint icy sa reconnoissance à la vostre, & l'on est ravy de voir vostre maistre entendre si bien ce qu'il fait, que par la mesme chose dont il rend justice aux merites, il en paye encore ses debtes, & donne par là lieu de croire qu'il n'obligera

gera

gera point ceux qu'il aime, ſans donner en meſme temps à qui merite plus. L'Archeveſché de Paris en eſt une grande preuve, & l'on ne ſçauroit le voir tomber en vos mains, ſans que le troupeau ait autant d'obligation au Roy, que le Paſteur meſme. Faites moy l'honneur de croire que perſonne ne ſçauroit avoir plus fortement ces ſentimens-là que moy, puiſque perſonne n'eſt davantage, ny avec plus de reſpect Voſtre, &c.

LETTRE XXXVII.

A Monſieur l'Archeveſque de Paris.

LE Reverend Pere de Ste. Marthe vous devant ſes foy & hommages, il a deſiré que je vous rendiſſe le témoignage que je fais, qu'il ne veut pas ſeulement dépendre de vous par la raiſon de voſtre authorité; mais beaucoup encore par celle de voſtre merite, & comme aſſeurement c'eſt c'est le plus grand bien qui puisse vous attacher les gens, il ne va pas seulement par des complimens satisfaire à la coustume; mais il va vous offrir une part en son cœur, & par là vous serez receu en un lieu, où il n'y a jamais eu que Dieu qui ait esté maistre de la place, il me semble que je ne pourrois en ménager une meilleure à mon Archevesque, & en effet le Pere de Ste. Marthe est un homme de si rare vertu, que vos propres lumieres vous en feront toûjours connoistre plus de bien, qu'il ne seroit possible de vous en dire, & je croy vous avoir acquis en luy, un amy qui n'est pas indigne de vous. Je souhaitte qu'il merite vostre estime, & que vous me fassiez l'honneur de me croire Vostre, &c.

LET-

LETTRE XXXVIII.

A un Amy qui avoit esté fort malade.

LE voyage que vous avez pensé faire estoit si contraire à la volonté de vos amis, que je vous remercie de leur part d'estre promptement revenu sur vos pas, & à l'avenir il vous est defendu de ne vous point embarquer en une affaire aussi importante que l'est celle de mourir, sans en prendre la permission des personnes pour qui vous dites que vous avez de la deference, & si vous me voulez donner voix deliberative dans le nombre, mon advis ne sera point que vous partiez pour un voyage de si long cours: je vous conseilleray seulement de quitter Paris, & d'aller dans un païs où vos interests vous appellent. Cependant croiez que si je pouvois quelque chose icy pour les vostres, mes services vous seroient infiniment acquis. Mr. de V. vous en dira plus que ma Lettre. Je ſuis Voſtre, &c.

LETTRE XXXIX.

A Madame d'Armagnac.

BElle Princeſſe, je vous envoye mes petits pendants, que je ne doute pas qu'ils ne reviennent plus beaux & plus brillans par la joye de vous avoir approché, & de vous avoir ſervy; au moins ſi je ne dis leurs ſentimens, je vous parle des miens, & ſuis perſuadée que pour ne les avoir pas, il faut avoir comme eux le cœur de diamant, j'ay bien du regret de ne m'eſtre point treuvée chez moy, quand vous me fiſtes hier l'honneur de me venir chercher.

LET-

LETTRE XL.

A Monsieur le President B...

QUand vostre generosité vous rend plus satisfait de servir vos amis, que de l'estre d'eux, que pensez vous de la mienne, & ne voulez vous pas en avoir assez bonne opinion pour croire que je suis tout de mesme, & que ce m'est une peine extréme de voir que je vous suis si redevable, & que je ne puis faire que vous me le soyez, & que bien que je vous tienne assez equitable pour persuader que le tort en sera toûjours à la fortune, quand je manqueray de rendre services à mes amis, puis qu'au moindre jour qu'elle me fera de les obliger, ils le seront toûjours de moy avec beaucoup de soin; mais cela n'empesche pas qu'il ne me déplaise fort d'avoir à faire ces excuses, moy qui dans mes interests ay tant de justes sujets de me plaindre d'elle, que si vous sçaviez toutes les nouvelles traverses qu'elle me donne, vous treuveriez qu'il faut estre bien douce pour se conserver de la moderation; mais à ne vous en point mentir, il faut regarder tout ce qui se fait icy, comme venant d'une main sous laquelle il faut estre soûmis, & croire que pourveu que nous treuvions graces en un autre païs, il importe peu comme celles de celuy-cy pourront aller. Vous voyez que je n'ay pas oublié les leçons que vous m'avez faites, & que je me soûviens encore plus de vos exemples que de vos paroles. Ne cachez donc plus ny l'un ny l'autre par vostre absence, & revenez en un lieu où tout le monde vous desire, & particulierement Vostre, &c.

LETTRE XLI.

A Madame.

COmme il n'eſt pas du temps de recevoir des graces ſans les avoir demandées, vous n'avez pas voulu que je duſſe à voſtre amitié les premieres marques de voſtre ſouvenir, puiſque vos Lettres ne ſeront plus que des reſponſes; mais ma belle Dame, il eſt des choſes ſi neceſſaires à la ſatisfaction, & n'eſtre pas effacé de voſtre ſouvenir, l'eſt tellement à la mienne, que je conſens pluſtoſt que mes ſoins me procurent un bien que je n'aurois point eu ſans eux, que de manquer à le recevoir. Je les donne donc à vous demander la continuation d'une amitié, dont la perte me donneroit autant de peine, que j'aurois de facilité à en ſupporter toute autre, & vous devez demeurer tres-ſatisfaite de la difference que je mets entre vous & le reste des gens, & que je vous rende justice en un temps où il est si difficile de l'obtenir, & pensant à l'arrivée de la Reyne de Suede, qui establira l'opinion qu'elle doit avoir de nostre Nation, par ce qu'elle connoistra à Paris. Je ne puis supporter que vous n'y soiez, & que vostre absence empesche que vostre reputation ne soit soustenüe de quelqu'un qui repare par son prix le peu de valeur de tant d'autres, que je ne sçaurois croire qu'avec toute vostre moderation, vous n'ayez quelque regret de ne point voir en elle la plus extraordinaire personne du monde, & de ne luy en pas faire voir une en vous, dont le merite la forceroit à treuver une femme, qu'elle ne pourroit s'empescher d'estimer, elle qui les méprise toutes; l'on croit qu'elle fera demain son entrée à Paris, dont je vous ferois la relation, si je ne croiois point que d'autres s'en acquitteront

mieux

mieux que moy. Cependant je crois que je ne pourray m'empescher de vous mander au moins ce qui m'aura paru d'elle, & pour son interieur, & pour sa conversation. En tout cas je suis asseurée que nous ne verrons rien qui approche à la vostre, & que si les autres ont les couronnes, ce seroit à vous à les porter. Adieu.

LETTRE XLII.

IE pensois que c'estoit avoir assez fait pour vous de souffrir vos maux tant qu'ils ont durez ; mais c'est trop d'avoir encore à patir de la gayeté que vous donne le retour de vostre santé, qui vous fait escrire des choses que vous n'oseriez avoir pensé qu'à cent lieües de distance, & sur une montagne que la saison commence de rendre inaccessible à tout autre qu'à vous, qui ne vous y estes grimpé que pour dire impunement tout ce qui vous plaist, & quand la personne dont vous parlez, seroit aussi belle que vous la representez, qui vous a dit qu'elle en laissât la contemplation libre: pour moy qui la connois fort bien, je vous responds qu'elle ne veut estre regardée que par des yeux qui ne s'entretiennent jamais avec le cœur, de ce qu'ils auroient veu d'aimable, elle se paye par ses mains de ce qui luy pourroit estre deu, & se rend par l'amour propre, ce qu'elle ne cherche point à recevoir d'ailleurs; voi-là ce qu'est une Dame, qui ayant ouvert vostre Lettre avec joye, & n'y croiant treuver que des nouvelles de vostre santé, y treuve des choses pour lesquelles un homme qui se porte bien seroit condamné à mort, & un malade au bannissement, jusqu'à ce qu'il soit devenu moins galand ou plus discret.

LET-

LETTRE XLIII.

MOnſieur, cette ſeconde Lettre impatiente de vous aller remercier de ce que vous avez fait en faveur de la premiere, ne veut pas me permettre d'attendre voſtre retour : elle veut aller vous dire pour moy que rien ne pouvoit eſtre plus favorable que de ſe treuver obligée à une perſonne que tant d'autres raiſons engagent d'honorer, & qu'il eſt tout à fait commode d'avoir à ſatisfaire tout d'un temps à la reconnoiſſance & au merite de celuy à qui il ſe treuve que l'on eſt redevable. Ces deux raiſons, Monſieur, devant faire payer une debte de bon cœur, vous pourront aſſeurer que c'eſt fort volontiers que je vous rends ce qui vous eſt deu, & que les bontez que vous avez pour moy, & ce qui ſe doit rendre aux plus honneſtes gens, me fait eſtre.

LETTRE XLIV.

A Monsieur l'Abbé de Montaigu estant en Angleterre.

SI vos Lettres venoient aux personnes à qui elles apporteroient le plus de joye, je ne serois pas encore à me plaindre de n'en avoir point receüe. Mais comme vous gardez vos soins seulement pour les Reynes, je garde de mon costé mon souvenir & mon estime tellement pour les gens qui ont du merite, que malgré ma colere je vous conserve toûjours l'un & l'autre : & cependant que vous m'oubliez, je m'occupe à faire des souhaits contre vostre païs, de peur qu'il ne vous plaise jusqu'au point de vous oster le dessein de revenir au nostre, où vous avez fait de si grandes acquisitions dans l'amitié des plus considerables personnes, qu'il ne seroit pas à propos de laisser tant de biens

biens à la mercy du temps & de l'absence, qui sont deux choses qui ruïnent ce qui est le plus durable; jugez par là du dégast qui se pourroit faire sur ce qui est aussi fragile que l'amitié de la Cour; revenez donc icy, & croiez que ce qui vous retient où vous estes, ne doit pas prevaloir sur ce qui vous rappelle icy, puisque vostre patrie mesme ne sçauroit vous donner de meilleurs amis que la France vous en conserve, croiez que dans leur nombre il ne s'en peut treuver qui soient avec une affection plus sincere que moy. Vostre, &c.

RELATION

D'un voyage de ſaint Cloud.

LA parfaite gueriſon du plus grand des Roys, & celle de la Reyne ſa Mere, diſpoſoit tout le monde à la joye; quand le Prince Orondate, & la Princeſſe Statira, prirent deſſein de faire une promenade dans la plus agreable de toutes les ſolitudes, & à laquelle la nature a plus donné de beautez qu'il n'en eſt deſcrit dans ces Païs de Roman. Le jour eſtant choiſy pour y aller, toutes choſes voulurent contribuer à rendre cette partie infiniment agreable; car elles furent diſpoſées en cette maniere : En un jour calme & doux, le Prince & la Princeſſe ſortirent du grand Palais de nos Roys, & ſe rendirent ſur le bord du Fleuve qui environne la plus ſuperbe Ville du monde, & là eſtant veus & admirez

mirez de toute la multitude, ils monterent dans un petit vaiſſeau, ſi magnifique & ſi galand, qu'il eſt aiſé de voir que c'eſt un preſent du Roy de la mer, & qu'il eſt deſtiné pour ſervir ſa charmante ſœur; l'or, l'azur & la broderie y ſont en abondance, & la jolie maniere dont il eſt fait, que l'on n'avoit point encore veu en un Païs riche de toutes choſes, rend ce preſent tout à fait agreable. La Princeſſe y eſtant entrée, commanda aux rameurs de voguer, & eux tout glorieux d'avoir leur Princeſſe à conduire, fendirent les flots avec une diligence & une addreſſe particuliere à ceux de cette Nation. Le Soleil qui du haut de ſon Troſne avoit entendu dire que l'on treuvoit la Princeſſe plus belle que luy, en paſlit de colere, & voulut obſcurcir le temps pour luy laiſſer le ſoin d'eclairer le monde, puis qu'elle luy plaiſoit davantage que luy; mais jugeant qu'en qu'en se retirant il ne la verroit plus, il revint sur ses pas, & laissant pour un autre jour à regler leurs differens, il la treuva luy-mesme si belle, qu'il ne pût s'empescher d'envoyer mille de ses rayons le luy dire de sa part; mais les voyant mal receües, il jugea bien qu'il ne faut pas avoir le dessein de galantizer une femme, dont le mary est plus aymable que nul amant ne sçauroit estre, & que l'on doit laisser ce beau Comte en repos. Cependant les voyageurs ne sçavoient que choisir, entre l'envie d'arriver, & la peine de quitter le lieu où ils estoient, quand la diligence de leurs Matelots les mit au pied des jardins, dont la merveilleuse beauté luy fist oublier tout autre soin pour celuy de s'y promener. Statyra sorty de son vaisseau suivie d'une troupe de Dames si belles, que la Princesse n'eut pas pû d'avantage de remporter le prix sur elles, & de paroistre parmy eux ce que paroit

Diane au milieu de ſes Nimphes. Quelques-uns des plus conſiderables ſujets du Roy ſon Frere, voyant la beauté de cette maiſon, & celle de leur Princeſſe, la prirent pour une Divinité, & l'ayant approchée avec les meſmes reſpects, le Prince Orondate & elles qui les vouloient traitter favorablement, les entretinrent long-temps, & leur ordonnerent de voir la maiſon, dont les riches ornemens font bien connoiſtre la haute naiſſance de ceux qui s'y logent quelquefois. Aprés avoir veu tous les appartemens, l'on deſcendit dans les jardins, qui pour eſtre tous diſſemblables ne laiſſent pas d'avoir une égale beauté : mille ſources d'eau vives y font des canaux & des fontaines qui paroiſſent toutes de criſtal, & ce merveilleux jet d'eau, qui ſortant avec l'impetuoſité & le bruit que vous ſçavez, ſemble ſe perdre dans les nuës, & renvoyer de là une pluye douce & fraiſche pour

pour conserver le verd & la beauté des arbres qui sont proche de luy. Mille autres beautez suivent celle-la; un grand canal tout parfumé des Orangers qui l'environnent, est un lieu si delicieux, que l'on luy doit pour tribut d'y entretenir ses plus cheres pensées. Les beaux arbres qui l'entourent presentent leur escorce pour les escrire, & si l'on doute de leur fidelité, le Canal vous offre de garder vos secrets dans le fond de ses eaües, & là seulement se treuve un confident discret, & dont le profond silence merite de sçavoir ce qui est dans le cœur: aussi toute la trouppe aprés avoir fait mille tours dans tous les promenoirs passoit auprés du Canal, pour y laisser quelques choses, les uns luy parloient des personnes presentes, & quelques autres faisoient tous leurs secrets des absens, & tel croioit n'estre pas là, qui pourtant y avoit esté soigneusement apporté;

mais

mais pour garder quelque mesure, l'on n'osoit pas s'entretenir long-temps soy-mesme, & il falloit se rendre auprés du Prince & de la Princesse, & se rejoindre à la troup-pe, qui passant à l'un des plus beaux endroits du jardin, il servit une propre & magnifique collation, où le demy Dieu, & la Déesse, & les Nymphes mangerent tous, comme des personnes mortelles: apres cela l'on reprit la conversation, & tout ensemble le chemin du fleuve avec beaucoup de joye de rentrer dans la magnifique Barque, disant pourtant Adieu à la belle Maison de campagne, de la maniere que l'on a coustume de quitter une chose que l'on a impatience de revoir; dé-ja la peur de se separer faschoit tout le monde, quand pour retarder une chose qui devoit déplaire, le Prince ordonna de ramer lentement, & de laisser aller le vaisseau presque au

gré

gré des flots, la nuit ne fust jamais si belle, ayant mis sur sa robbe noire ses plus brillantes estoilles, & la Lune de son costé donnoit tant de clarté, qu'elle nous fit douter si le jour duroit encore; la trouppe s'estoit grossie de quelques gens de la premiere qualité, la bonne compagnie s'estant augmentée, la conversation en devint si agreable, que nul chagrin n'estoit à craindre que celuy de se separer; mille petits amours qui durant le jour n'avoient osé paroistre vinrent à la faveur de la nuit au tour du vaisseau, & leur estant deffendu d'y entrer, ils demanderent au moins la grace de voir & d'entendre les personnes du monde avec qui ils seroient les plus aises de demeurer, s'il leur estoit permis; mais l'on ne voulut point de commerce avec eux, & mesme l'on jugea qu'il ne falloit pas les laisser approcher trop prés du vaisseau, parce que souvent ils meinent les gens bien plus loing qu'on qu'on ne veut aller, & ſous leur mine enjoüée, quand ils vous approchent, ils vous donnent des fleurs preſque toûjours empoiſonnées. Cependant leurs aggréemens leurs donnent des amis par tout, & meſme de la plus haute importance, ils en avoient auſſi dans le vaiſſeau; mais perſonne n'oſoit ouvertement parler en faveur de leurs intereſts. Quand l'eau tout d'un coup devenu plus rapide qu'elle n'avoit eſté le long du fleuve, il fut aiſé de juger qu'on alloit paſſer ſous le premier pont de la Ville, & que le plus agreable de tous les voyages alloit finir; tous en eurent un égal déplaiſir, hors les petits amours, qui ayans toûjours opiniaſtrement ſuivy, & n'ayans pas eſté bien traittez, ſe promettoient de n'eſtre pas ſi mépriſez quand châcun ſeroit en ſon particulier, & diſoient que ſouvent telles perſonnes preferoient leur entretien au ſommeil, qui ne s'en ventoient pas le lende-

main

main, & que l'un d'eux sçavoit faire soupirer le cœur le plus difficile à vaincre, & en disant cela ils s'envolerent dans tous les quartiers de la Ville, & mesme dans les plus superbes bastimens, aprés quoy l'on prit congé du Prince & de la Princesse, & l'on fit mille vœux pour avoir bien-tost une semblable journée, que celle qui venoit de finir, & chacun en porta chez soy beaucoup de respect & d'amitié pour le Prince Orondate, & la Princesse Statira.

EPI-

EPISTRE

A Madame de Bregy par Benserade.

NE jugeant pas fort à propos,
D'aller chez vous pour mon repos;
Je treuve plus à vous écrire
De seureté, qu'à vous rien dire,
Et crains l'honneur de vostre aspect,
Et de vous parler bec à bec.
Je suis tendre, & je me courrouce
Autant contre une haleine douce,
Que contre une autre ; & j'aurois peur
Que cela me fit mal au cœur:
Vous estes belle, & moy peu sage;
Vous avez des yeux, un visage
Avec cent deliez attraits,
Qui coustent trop à voir de prés;
Et puis vostre bouche vermeille
Outre qu'elle est belle à merveille,
Dit les choses d'une façon
A troubler un pauvre garçon
Qui ne peut celer ce qu'il pense,
Et je ne veux point par prudence
M'exposer à des accidens
Ny pour elle, ny pour ses dents:
Mon ame incapable de feindre
Vous connoit assés pour vous craindre,
Et le haut char où je vous voy,
Traine assés d'Esclaves sans moy:
Si bien qu'il est bon, ce me semble,
Que nous n'ayons commerce ensemble,
Qu'une fois, & sur ce papier
Où je vous rends conte de hier.

STAN-

STANCES.

CE qu'on ſent pour une Maiſtreſſe
N'approche pas de la tendreſſe
Que je ſens pour vous chaque jour.
Ne craignez pourtant pas mes deſirs, ny ma flame,
Iris ce que j'ay dedans l'ame
A plus de raiſon que l'amour.

Je n'aurois pas crû je vous jure,
Que pour une amitié ſi pure,
L'on ſentit une telle ardeur.
Je le pris pour l'amour, je m'y trompay moy-meſme,
Vous en pourriez faire de meſme;
Mais vous n'en aurez que la peur.

Pourtant une flame diſcrete,
Pleine de reſpect & ſecrette
Meriteroit quelque pitié.
L'amour a tant d'attraits que je ne me puis taire,
Sans la crainte de vous déplaire,
J'abandonnerois l'amitié.

Prenez toûjours pour une fable,
Quand on dit l'amour eſt blaſmable,
Ceux qu'il bleſſe adorent ſes coups.
Il ſçait remplir d'appas la peine la plus rude,
Et meſler à l'inquietude
Certain je ne ſçay quoy de doux.

Tout

Tout le reconnoit, tout luy cede,
Et souvent du meilleur remede
Il fait le plus subtil poison.
Qui veut trop le guerir, le rend plus incurable,
Et l'on est toûjours miserable,
De se conduire par raison.

Je pourrois bien m'y laisser prendre
Sous le nom de l'amitié tendre
L'on le méconnoit chaque jour.
Ne craignez pourtant pas mes desirs, ny ma flame,
Iris ce que j'ay dedans l'ame
N'oseroit vous paroistre amour.

Sur une Monstre donnée à une Maistresse.

SONNET.

REssort ingenieux, & subtil mouvement,
Qui cheminant toûjours d'un pas imperceptible,
Imitez le dessein d'un malheureux amant
Qui souffre sans relasche une peine invisible:
Puisque de voir ma belle, il ne m'est plus loisible
A chaque heure du jour conter luy mon tourment,
Et luy faisant pour moy l'amour secretement
Arreste sur le point qu'elle sera sensible.
Si ton sort & le mien sont en sa belle main,
Ne crains rien contre toy de ce cœur inhumain,
Ton bonheur est si grand que je luy porte envie,
Car sa main tous les jours prompte à te secourir

En

En voyant ta langueur, te redonne la vie,
Et mille fois le jour elle me fait mourir.

EPITAPHE.

CY deſſous giſt un grand Seigneur,
Qui de ſon vivant nous apprit,
Qu'un homme peut vivre ſans cœur,
Et mourir ſans rendre l'eſprit.

SONNET.

I'Eſpens ſur ton autel mon ame en ſacrifice,
Tout puiſſant dont la voix a daigné m'appeller,
Donne moy cet eſprit qui peut tout reveler,
Et de qui la vertu me ſepare du vice.

Par ta miſericorde augmente ma juſtice,
Et vueille ton image en moy renouveller;
Quel empire ſi grand ſe pourroit égaler,
A l'immortel honneur de te rendre ſervice.

Conduy-moy ſeurement au repos eternel,
Seul eſpoir des Eſleus, que ton ſoin paternel
Fait comme aſtres luiſans au milieu des tenebres.

Auſſi-bien mon eſprit ſe laſſe de mon corps,
Et voit les vanitez comme pompes funebres
De ceux qui ſemblent vivre, encor qu'ils ſoient morts.

SON-

SONNET

Sur les antiquitez de Rome.

VOus que l'on vit jadis de ſplendeur éclatans,
Termes, Cerques, Palais, que par tout on renomme;
Si vous monſtrez encore la puiſſance de Rome,
Vous monſtrez bien auſſi la puiſſance du temps.

Autrefois l'on a veu loger des Empereurs
Où logent maintenant tous les oyſeaux funeſtes,
De ce que vous eſtiez vous n'eſtes que le reſte,
Et la guerre a ſur vous deployé ſes fureurs.

Rome qui ſous ſes loix rangea toute la terre,
Ayant regné long-temps, reperdit par la guerre
Tout ce que ſa puiſſance avoit pû conquerir.

Sa ruïne a du ſort témoigné l'inconſtance
L'autheur de ſon trépas, le fut de ſa naiſſance:
Mars luy donna la vie, & Mars la fit perir.

EPIGRAMME.

L'Un se pique pour Job, l'autre pour Uranie,
Et la Cour se partage en cette occasion,
Pleut à Dieu que toute chose estant bien reünie,
Que la France n'eut point d'autre division.

La Promenade du soir.

STANCES.

L'Astre du jour par sa pasleur
Montre qu'il va cacher sa flâme,
Les Bergers n'ont plus de chaleur
S'ils ne la portent dans leur ame.

Clion tous les prez sont fleurys,
Allons sur les bords de la Loire,
Nos yeux peut-estre auront la gloire
D'y voir les doux appas de la divine Iris.

Allons fouler ces tapis vers,
De qui la nuance est si vive,
Nous y pourrons faire des Vers
Pour vanter cette belle rive.

Ah cher Clion que l'air est doux,
Les vents ne s'y font plus la guerre,
Et le Soleil quittant la terre
Semble encore en mourant vouloir rire avec nous.

Voit que d'un pinceau delicat,
Quoy que la force diminue,

Il

Il verſe encore un vif éclat
Dans le rouge ſein de la nüe.

Avant qu'il cache ſon flambeau,
Il ſemble écrire en ce nüage:
Mortels ne perdez pas courage,
Je reviendray demain plus riant & plus beau.

Ce ſable eſt icy répandu
Par les mains de quelque Nayade,
Qui l'a mollement eſtendu
Pour embellir la promenade.

Ou peut-eſtre pour retenir,
Ainſi qu'une relique ſainte,
Des pas d'Iris la trace empreinte,
Au moins ſi dans ces lieux elle daigne venir.

Clion les Faunes que tu vois
Rangez ſur les bords de la Loire,
Furent des Bergers autrefois
Sur qui la Nymphe eut la victoire.

Ses appas les ſurent charmer,
Et cette beauté vagabonde
Fit ſortir du ſein de ſon onde,
Les flâmes dont leurs cœurs ſe virent conſumer.

Nuit & jour preſſez d'un deſir
Dont l'ardeur eſtoit ſans pareille,
Ils vouloient avoir le plaiſir
De voir à nud cette merveille.

Enfin par un arreſt du ſort

Propice au mal qui les domine,
On les a veu prendre racine
Auprés de ce beau lit, où leur Maistresse dort.

Ainsi je te veux advertir,
Qu'on les revere en ce rivage,
Tu verras du sang en sortir
Si ta main leur fait quelque outrage.

Vivent leurs rameaux bien-heureux,
Ils sont certes dignes d'envie,
Puis qu'ils ont pû changer de vie
Sans laisser la beauté dont ils sont amoureux.

Ah cher Clion ainsi sans prix,
Nous voy-cy dedans la prairie
Sens-tu reveiller tes esprits
Par l'odeur de l'herbe fleurie.

Que j'aime ces lieux innocens,
Que je cheris cette verdure,
Et que j'admire la nature
D'avoir si bien treuvé l'art de plaire à nos sens.

Nimphes ne versez pas des pleurs,
Voyant flestrir l'éclat superbe
De tant de merveilleuses fleurs
Que nous foulons parmy cette herbe.

Si la belle Iris peut venir,
Elle vous fera bien paroître,
Que sous ces pas on en voit naître,
Dont les vives couleurs ne se peuvent ternir.

Helas

Helas Iris tu ne vois pas,
Que ces rives vont eſtre ſombres,
Si du luſtre de tes appas
Tu n'en viens diſſiper les ombres.

Vivante ſource de clarté,
Châque objet icy te reclame,
Châque objet demande à mon ame
N'aurons nous pas le bien de voir cette Beauté

Le Soleil qui las de courir
Voit arriver ſa derniere heure,
N'aura pas regret de mourir,
S'il te peut voir avant qu'il meure.

Et peut-eſtre à la fin du jour
Voiant la Beauté qu'il adore,
Il penſera voir ſon Aurore,
Qui repouſſe la nuit, & l'oblige au retour.

Flore n'aſpire qu'au bonheur
De voir icy ton beau viſage;
Viens Iris, viens combler d'honneur
Ces Prez, ces eauës & ce rivage:

Viens Iris, viens deſſus ces bords
Conſeiller Tyrſis qui ſoûpire,
Il ſera content s'il reſpire
L'air d'Ambre que ta bouche aura pouſſé
dehors.

Fidelle Clion la vois-tu?
Vois-tu ma Bergere adorable?
Vient-elle à mon cœur abbatu
Donner un regard favorable?

Malheureux quel Astre me nuit,
Faut-il que le sort la retienne,
J'ay beau souhaitter qu'elle vienne,
Je ne vois point Iris, je ne vois que la nuit.

Mere de l'ombre & de la peur,
De qui la laideur est si grande,
O nuit à la noire vapeur,
Ce n'est pas toy que je demande.

Mais quoy que tu porte l'effroy,
Et que tu sois épouvantable,
Tu me semblerois adorable,
Si je voiois venir mon Astre avec toy.

CINQ QUESTIONS D'AMOUR,

Proposées par Madame de Bregy, avec la Responſe faite en Vers par M. Quinault, par l'ordre du Roy.

I. QUESTION.

Sçavoir si la presence de ce que l'on aime, cause plus de joye, que les marques de son indifference ne donnent de peine.

RESPONSE.

C'Est un tourment d'aimer, sans estre aimé de méme,
Mais pour un bel objet, quand l'amour est extréme,
Quels que soient ses regards, ils sont toûjours charmans,

Et

Et si l'on s'en rapporte à tous les vrais amans,
C'est un plaisir si doux de voir ce que l'on aime,
Qu'il doit faire oublier les plus cruels tourmens.

II. QUESTION.

DE l'embarras où se trouve une personne quand son cœur tient un party, & la raison un autre.

RESPONSE.

ON ne peut exprimer le trouble où l'on s'expose,
Lors qu'en aimant un cœur prend un party,
Où la raison s'oppose :
Souvent cette cruelle est cause
Qu'on se repend de s'estre assujetty
Aux douces loix qu'un tendre amour impose ;
Mais enfin quoy qu'on se propose,
On se repent toûjours de s'estre repenty.

III. QUESTION.

SI l'on doit haïr quelqu'un de ce qu'il nous plaist trop, quand nous ne pouvons luy plaire.

RESPONSE.

QUand ce qui nous plait trop, ne sent point nostre peine,
Que pour toucher son cœur nostre tendresse est vaine ;
Et qu'on voit que rien ne l'émeut :
Pour se venger de l'inhumaine,

Doutez-vous si l'on doit aller jusqu'à la haine,
Hà sans dépit on le doit, & le destin le veut;
Mais je ne sçay si l'on le peut.

IV. QUESTION.

S'Il est plus doux d'aimer une personne dont le cœur est preoccupé, qu'une autre dont le cœur est insensible.

RESPONSE.

IL n'est point de mépris qui ne soit rigoureux,
Mais c'est un moindre mal de se voir amoureux
D'une Beauté pour tous inexorable,
Que d'un objet qui brûle d'autres feux;
La gloire est grande à vaincre une insensible aimable;
Et du moins en l'aimant si l'on est miserable,
On n'a point de Rival heureux.

V. QUESTION.

SI le merite d'estre aimé, doit recompenser le chagrin de ne l'estre pas.

RESPONSE.

QUand d'un cœur qu'on attaque on manque la victoire,
Ce qu'on a de merite a beau paroître au jour,
Le merite suffit pour contenter la gloire;
Mais il ne suffit pas pour contenter l'amour.

AU ROY.

Sur le mesme sujet.

GRand Roy, que dans mon cœur je respecte
& j'admire,
Pour bannir les erreurs & l'amoureux empire,
Il ne faut pas choisir ceux qui sçavent rimer,
Mais il faut consulter ceux qui sçavent aimer.

CINQ QUESTIONS D'AMOUR,

Proposées par Madame de Bregy.

I. QUESTION.

SI la presence de ce que l'on aime, donne plus de joye que les marques de son indifference ne cause de peine.

RESPONSE.

C'Est un bien d'admirer l'objet & ses desirs,
Mais lors que des beaux yeux sont pleins
d'indifference:
Il vaut mieux ne point voir, que voir sans esperance,
Les regards en amour sont de foibles plaisirs.

II. QUESTION.

DE l'embarras où se treuve une personne quand son amour & sa raison combattent.

RESPONSE.

QUand un cœur est soûmis à l'amoureux
Martyre,
Sa flâme & sa raison se doivent accorder,
C'est augmenter l'amour que de le contredire,
Et jamais il ne regne avec tant d'empire,
Que lors qu'il doit aider.

III. QUESTION.

SI l'on doit haïr quelqu'un de ce qu'il nous plaist trop, quand nous ne pouvons luy plaire.

RESPONSE.

LOrs qu'on paye l'amour d'une haine cruelle
Il est trop delicat pour toûjours l'endurer,
L'esperance le flatte, il n'est jamais sans elle,
Un feu sans entretien ne sçauroit pas durer.

IV. QUESTION.

S'Il est plus doux d'aimer une preoccupée, qu'une insensible.

RESPONSE.

L'Amour doit toûjours tendre à la plus grande
gloire,
Fléchir une insensible est un commun effort;
Mais vaincre un cœur charmé, est la belle vi-
ctoire,
On a plus de douceur dans ce dernier transport;

C'est

C'eſt un bien de ſentir ſa ſouffrance vangée ;
Mais c'eſt un plaiſir ſans égal,
De pouvoir ſurmonter dans une ame engagée
Et ſa Maiſtreſſe, & ſon Rival.

V. QUESTION.

SI le merite d'eſtre aimé, doit recompenſer du chagrin de ne l'eſtre pas.

RESPONSE.

A La plus belle ardeur un cœur inexorable
Merite du dépit un genereux retour,
On a droit de changer un objet adorable,
Quand on ne luy voit point de raiſon ny d'amour.

CINQ QUESTIONS D'AMOUR.

Propoſées par Madame de Bregy.

I. QUESTION.

Sçavoir ſi la preſence de ce que l'on aime, donne plus de joye que les marques de ſon indifference ne cauſe de peine.

RESPONSE.

ON eſt en peine de ſçavoir,
Quand on eſt prés de ſa Climene,
Si la voir toûjours inhumaine,
Oſte le plaiſir de la voir :
Le galand du vieux temps la regarde & l'admire ;

Plus elle a du mépris, plus il est enflammé,
Trop heureux seulement si prés d'elle il soûpire,
Et de ces faux plaisirs son cœur en est charmé,
Pour moy plus ma Maistresse est belle,
Et plus j'ay de douleur qu'elle me soit cruelle,
Je ne la puis souffrir si je ne suis aimé.

II. QUESTION.

QUel est l'embarras d'une personne dont le cœur prend un party & la raison un autre.

RESPONSE.

CE n'est pas un fort grand malheur,
Quand la raison s'obstine
A faire la mutine
Contre tout ce que veut le cœur,
Entre eux c'est une vieille affaire,
Les Amans n'ont que faire
De s'en tourmenter fort,
Et pour dire ce qui m'en semble,
L'amour qui les met mal ensemble,
Les met assés souvent d'accort.

III. QUESTION.

SI l'on doit haïr une personne qui nous plaist, parce que nous ne sçaurions luy plaire.

RESPONSE.

Sçavez-vous ce que l'on doit faire,
Quand la Belle qui sçait nous plaire,
Nous traitte un peu cruellement;
Il en faut prendre une autre brusquement,
Et se tirer d'affaire;
Mais il n'est pas d'un cœur en amour entendu,
De s'amuser à haïr l'inhumaine:
Le temps qu'on employe à la haine,
Est tout autant de temps perdu.

IV. QUESTION.

S'Il est plus doux d'aimer une personne dont le cœur est preoccupé, qu'une autre dont le cœur est insensible.

RESPONSE.

QUi voudra se laisser charmer
Des attraits d'une inexorable,
Elle qui sçait ce que c'est que d'aimer,
Est à mon gré la plus aimable,
De mon Rival si l'amour est payé,
En ma faveur la Belle ira plus viste,
Seurement on arrive au giste
Quand on tient un chemin frayé.

V. QUESTION.

SI meriter d'estre aimé doit recompenser le chagrin de ne l'estre pas.

RES-

RESPONSE.

SI j'avois ce qu'il faut pour plaire & pour charmer,
Et qu'òn ne voulut point m'aymer,
Je m'en consolerois sans peine :
J'aurois pourtant regret à tous mes soins perdus;
Je me plaindrois de l'inhumaine
Et la plaindrois encore plus.

AUTRES QUESTIONS D'AMOUR.

I. QUESTION.

LEquel est le plus glorieux
Aux charmes d'une Belle,
De remettre en ses fers un esclave rebelle,
Ou d'en rendre un autre infidelle,
Lors qu'autre part il est heureux.

RESPONSE.

POurquoy rendre infidel un Amant bien-heureux,
Pour l'engager peut-estre à de rudes supplices ;
Je crois qu'il est moins dangereux
De s'en tenir aux premiers sacrifices ;
Si vous voulez former de plus nobles projets,
Et dans d'autres Estats exciter des tempestes,
Domptez auparavant vos rebelles sujets,
Et vous ferez aprés des nouvelles conquestes.

II. QUESTION.

LOrs qu'un Amant tâche à se dégager,
Doit on s'en affliger ?
Ou de sa trahison faut-il que l'on s'irrite ?
Enfin n'esperant plus pouvoir le retenir,
Faut-il attendre qu'il nous quitte ?
Ou bien doit-on le prevenir ?

RESPONSE.

LOrs que par des effors divers
Un Amant veut sortir des mains d'une Maistresse,
Il ne romp pas toûjours la chaine qui le presse
Toutes les fois qu'il tâche à secoüer ses fers ;
Ne prevenez donc point Iris ce cœur rebelle,
Il n'est jamais permis d'estre infidelle.

III. QUESTION.

QUand Amour force un cœur ambitieux
A porter une indigne chaine,
Et qu'enfin ce cœur amoureux
Prefere sa Bergere à la plus grande Reyne,
Dans cét abaissement l'amour nous fait-il voir
Le plus grand des effets qu'on puisse concevoir,
De son tyrannique pouvoir ;
Ou monstre-il mieux sa puissance,
Quand il en pousse un autre à la temerité,
D'aimer une illustre beauté ;
Dont il doit respecter le rang & la naissance,
Et qu'il doit adorer dans un profond silence ;

Enfin sans jamais presumer
D'avoir une autre recompense,
Que le plaisir d'aimer.

RESPONSE.

DE tous costés l'amour exerce son pouvoir,
Mais dans le haut projet il pousse au deses-
poir ;
Car que sert d'aspirer où l'on ne peut atteindre,
D'estre sans esperance, & d'estre sans desirs,
Quand on n'ose esperer, & qu'on n'ose se
plaindre :
L'amour est un tyran contraire à nos plaisirs,
Son empire est plus doux auprés d'une Bergere
A qui l'on pourroit librement
Sur la verte fougere
Dire l'exces de son tourment :
Ce n'est point abaisser son cœur ny sa noblesse,
De sentir un peu de mal,
Ny de le dire à celle qui nous blesse,
L'amour comme la mort rend tout le monde
égal.

IV. QUESTION.

PRessé d'une amoureuse ardeur,
Lors qu'un Amant romp le silence,
Et que sans redouter d'offenser son vainqueur,
Il luy parle de sa souffrance,
Fait-il voir un plus grand amour ?
Que si reduit au point d'aller perdre le jour
Il faisoit de ses feux l'extreme violence,
Et qu'il n'expliquât ses desirs
Que par de doux regards & de tendres soûpirs?

RES-

RESPONSE.

IL n'eſt jamais permis dans l'amoureux empire,
De reveler les ſecretes faveurs;
Mais pour les ſecretes douleurs,
Je tiens qu'on les peut dire,
Mal-aiſement peut-on diſſimuler
Les maux dont on reſſent l'extreme violence;
Si le reſpect nous oblige au ſilence,
L'amour nous oblige à parler.

QUESTION

SI l'amour doit ceder à la raiſon, où ſi c'eſt à la raiſon à ceder à l'amour.

RESPONSE.

LE pouvoir de l'amour eſt un pouvoir ſupreme,
Tout flechit ſous ſes loix,
Et l'on voit quelquesfois
Qu'il y ſoûmet la raiſon méme,
Je ſçay bien que l'amour eſt un uſurpateur,
Que c'eſt à la raiſon qu'appartient la puiſſance,
Et qu'il luy doit obeïſſance;
Quand luy-méme il ſeroit mille fois ſon vainqueur;
Et quoy que le cœur en ſoûpire,
Il faut que la raiſon mal-gré ce tendre cœur
Range le ſien ſous ſon Empire,
Du moins il eſt de ſon devoir:
Mais helas je ne ſçay s'il eſt en ſon pouvoir.

DIA-

DIALOGUE AMOUREUX

Par M. de la G.

TYRSIS.

LOrs que je regnois dans ton ame,
Et que ſeul de tous tes Amans,
T'épreuvant ſenſible à ma flâme,
Je gouſtois la douceur de tes embraſſemens ;
Ce Monarque ſi redoutable,
Qui tient les Perſes ſous ſa loy,
Dans ſa fortune incomparable,
Vivoit & moins heureux, & moins content que moy.

SYLVIE.

Quand tu paſſois ſous mon empire
Ta premiere & jeune ſaiſon,
Quand Cloris qui fait ton martyre,
N'avoit pas triomphé de ta foible raiſon ;
La Romaine & fameuſe Ilie
Dont le merite eſt ſi vanté,
Eſtoit beaucoup moins que Sylvie,
Et n'avoit rien d'égal à ma felicité.

TYRSIS.

Cloris cette rare merveille,
Que l'Ebre a vû naître autrefois,
Par ſon Lut charmant mon oreille,
A fait ſuivre mon ame aux accens de ſa voix;
Faſſe le Ciel que cette Belle

Dans

Dans son bonheur vive toûjours,
Et qu'aprés la Parque cruelle
File ou tranche à son gré la trame de mes jours.

SYLVIE.

Mon Berger me treuve si belle,
Et je treuve mon Berger si beau,
Que de nostre amour mutuelle
On ne verra jamais esteindre le flambeau;
Que le Ciel selon son envie
Avance ou retarde mon sort,
Pourveu qu'il conserve sa vie,
Quand les destins voudront, je consens à ma mort.

TYRSIS.

Mais si touché de repentance
Par un heureux & prompt retour,
J'obligeois enfin ma constance
A reparer le tort qu'a souffert son amour;
Si Cloris se voyoit chassée
D'où tu regnois avec honneur,
Si son image retracée
Par cent traits immortels revivoit dans mon cœur.

SYLVIE.

Bien que mon Amant fasse honte
Au plus brillant Astre des Cieux,
Et quoy que ta fierté surmonte
La colere des flots les plus seditieux,
Je l'osterois de ma memoire

Pour

Pour me remettre sous ta loy,
Et croirois que tout ma gloire,
Seroit de pouvoir vivre & mourir avec toy.

ELEGIE DE M. D. M.

BElle & sage Daphné merveille de nos jours,
Que toutes les vertus accompagnent toûjours,
Et qui connois si bien leur grace naturelle,
Que tu ne prens jamais leur phantôme pour elle
Illustre & chere Amie à qui dans mes malheurs
J'ay toûjours découvert mes secretes douleurs,
Qui sçais ce qu'un mortel doit décrier ou craindre,
Et qui ne blâme pas ce qu'on ne doit que plaindre;
Ecoute mes ennuys, soulagez-en le fais,
J'ay bien plus à te dire aujourd'huy que jamais;
Et tes prudens conseils tant de fois salutaires,
Ne me sçauroient jamais estre plus necessaires:
Deffend ma liberté ma Daphné, je combas
Un Dieu dont j'ay souvent méprisé les appas;
Qui lassé de me voir insensible à ses charmes,
A pris pour me servir ses plus puissantes armes.
Ha! que je l'apprehende avec tant d'attraits,
C'est le jeune Tyrsis qui luy fournit de traits:
Tyrsis en qui reluit tout ce qui rend aymable,
Tyrsis de tous les cœurs le charme inévitable:
Et le Ciel trop prodige à verser ses tresors,
N'a que trop bien formé son esprit & son corps;
Ce merite pourtant dont la force est si douce,
N'est pas le seul sujet des soûpirs que je pousse;
Avec ces qualitez je l'aurois estimé,
Mais je n'aymerois pas s'il ne m'avoit aymé.
Pour tout autre que luy je serois insensible,

Et

Luy seul pouvoir m'oster le titre d'invincible;
Et je n'avois pas eû l'amour contagieux,
Lors que sans y penser je le vis dans ses yeux;
D'un peril si charmant mon ame fut surprise,
Et dés ce premier jour craignit pour sa franchise
Mon courage orgueilleux alors se démentit,
Et mon cœur soûpira des maux qu'il presentit:
Il a par mille efforts tâché de se deffendre,
Mais je sens bien qu'enfin il est prest à se rendre,
Et ma foible raison dans ce mortel danger
Se trahit elle-méme, & sert à m'engager;
Si mon repos t'est cher, si ma gloire t'est chere,
En l'estat où je suis, dy moy, que dois-je faire?
Quand je verray Tyrsis plus fort que mon devoir,
Me faudra-t'il resoudre à cesser de le voir,
Et par une fierté dont le penser me tüe,
Dois-je priver mes yeux d'une si chere veüe?
Mais, Daphné,
Je ne puis, ny ne veux l'arracher de mon cœur:
Helas! en tous endroits tu sçauras que sans cesse
Cét aimable garçon me tourmente & me presse,
Les amours diligens à servir ses desirs,
A toute heure, en tous lieux m'apportent ses soûpirs,
M'expliquent ses desirs, ses transports & ses craintes,
Et d'un air languissant me redisent ses plaintes,
Enfin il suit par tout la trace de mes pas,
Et je le treuve mesme où je ne le vois pas;
Quand je voyois encor disposer de mon ame
Souvent dans le desir de surmonter ma flâme
J'évitois ses regards comme un charme fatal;
Car on m'avoit bien dit qu'amour estoit un mal,

Mais aimable Daphné j'avois beau m'en defendre,
Ces subtils enchanteurs sçavoient bien me surprendre :
Et c'est ainsi qu'amour renversant mes projets,
Va reduire mon cœur au rang de ses sujets ;
Dans un si triste estat qui me rend incertaine,
Ha que j'ay dit de fois en révant à ma peine :
Desirable repos, aymable liberté,
Unique fondement de la felicité,
Sans qui l'on ne vit pas, pour qui chacun souspire ;
Faut-il donc qu'un Tyran usurpe vostre empire,
Qu'il me fasse oublier vos charmes les plus doux,
Et que les seuls tourmens me plaisent plus que vous :
Faut-il que je m'expose à ces esprits severes,
Qui ne connoissent pas les amoureux mysteres,
Et respandent sur tous leur venin dangereux,
Et ne sçauroient souffrir ce qu'on n'a pas pour eux,
Et qui pis est disois-je, helas si je m'engage,
Peut estre un jour Tyrsis infidelle & volage,
Fera dedans mon cœur naistre autant de soûpirs
Que j'auray pris de peine à flatter ses desirs :
On sçait de cent beautez les tristes avantures,
Et l'empire amoureux est remply de poignures ;
Voy-là ce que j'oppose à ses plus doux poisons ;
Mais l'amour est plus fort que toutes les raisons :
Le destin veut que j'aime, il faut le satisfaire,
Je ne resiste plus: las ! que pourrois-je faire ?
Ces Maistres des mortels, les Dieux luy cedent bien,

Tes conſeils ſeroient vains : Daphné ne me dit
rien,
Laiſſez moy ſouſpirer, ma peine eſt ſans remede,
Mon cœur eſt trop charmé du feu qui le poſſede
Une douce langueur occupe mes eſprits,
Et perdant tout eſpoir, ma Daphné je te fuis,
Non pour chercher la fin de mon malheur ex-
tréme,
Mais pour me ſatisfaire en te diſant que j'aime,
Si tu blaſmois un mal, où tu vois tant d'appas,
Plains une malheureuſe & ne l'accuſe pas.

FIN.

www.ingramcontent.com/pod-product-compliance
Ingram Content Group UK Ltd.
Pitfield, Milton Keynes, MK11 3LW, UK
UKHW020239220726
13923UKWH00002B/742